ARCHE

RAPHAEL THELEN

WUT

ROMAN

ARCHE

Cradle to Cradle Certified® ist eine
eingetragene Marke des Cradle to
Cradle Products Innovation Institute.

MIX
Papier | Fördert
gute Waldnutzung
FSC® C014496

ISBN 978-3-7160-0005-2

Originalausgabe
1. Auflage 2023

Einbandgestaltung: Diek Design / Sarah Hensmann, Jemgum
unter Verwendung eines Motivs von Patrick Hendry / Unsplash
Gesetzt aus der Albertina MT Pro
Satz: Pinkuin Satz und Datentechnik, Berlin
Druck und Bindung: GGP Media GmbH, Pößneck
Printed in Germany

www.arche-verlag.com
Facebook: ArcheVerlag
Instagram: arche_verlag

FÜR MEINE MUTTER

»Now is the time to turn rage into action.«

ANTÓNIO GUTERRES

I

Unsere jungen Gesichter waren zu Masken erstarrt.

Wir liefen die Straße des 17. Juni runter, ich krallte meine Finger ins Fronttransparent.

»What do we want?«, rief jemand weiter hinten in der Demo.

»Climate Justice!«

»When do we want it?«

»Now!«

Früher hatte ich bei dem Ruf eine Gänsehaut bekommen.

Über den Baumkronen des Tiergartens kam der DE-Tower in den Blick. Wir protestierten seit Jahren gegen den Konzern; die Politik, unsere Eltern, die Wirtschaft applaudierten uns, und dann schütteten sie alle weiter mit beiden Händen Öl in das Feuer, das unsere Zukunft hätte sein sollen. Es passiere doch schon viel, sagten sie, und dass wir ein bisschen Geduld zeigen sollten und Dankbarkeit, doch in Wahrheit passierte nichts, wir rasten weiter auf die 1,5-Grad-Grenze zu, und dahinter lauerten die Kipppunkte des Klimas. Schieb einen Teller auf den Tischrand zu – lange Zeit passiert nichts. Bis er kippt. Unsere Aussicht aufs Leben: dieser Scherbenhaufen.

Und während wir mal wieder aufs Brandenburger Tor zuliefen, mal wieder der Ruf »Whose Streets? Our Streets« erklang, den selbst ich nicht mehr glaubte, weil wir immer nur brav der Polizei auf der abgesprochenen Route folgten, sagte Wassim aus dem Nichts:

»Lasst uns eskalieren heute.«

»Was?«, sagte Sara.

»Lasst uns eskalieren heute, vorne am Potsdamer Platz bei der DE-Zentrale. Wenn wir mit der Demo daran vorbeikommen, brechen wir seitlich aus und laufen rein. Wir sind knapp tausend hier, einige Hundert werden uns schon folgen, und die Polizei erwartet das nicht, die kriegen das erst mit, wenn's zu spät ist.«

Ich kam kurz aus dem Tritt. Das war nicht Wassims Stil. Als sie uns zum ersten Mal ins Wirtschaftsministerium eingeladen, uns zum ersten Mal ernst genommen hatten, hatte Wassim dem Minister lächelnd die Tür aufgehalten, während des Gesprächs genickt. Bei unseren Treffen war er es, der allen Tee aus seiner silbernen Thermosflasche einschenkte und bloß in kritischen Augenblicken einen Gedanken einwarf.

Es passte eher zu Sara, die lange schon keinen Bock mehr hatte auf Latschdemos, mehr machen wollte, oft sagte, sie laufe bloß noch mit, weil sie sich sonst so allein fühlen würde mit der ganzen Scheiße. Jetzt schlug sie in Wassims ausgestreckte Hand ein, warf mir einen herausfordernden Blick zu.

Später haben Wassim und ich mal über diesen Tag gesprochen. Er meinte, es habe schon länger in ihm gebrodelt. Eigentlich schon seit dem Jahrestag der Beerdigung.

Die Polizei vor uns erreichte das Brandenburger Tor, ein paar Touristinnen hörten auf, Selfies zu machen. Wassim bemerkte meine Irritation.

»Was denn, Vallie?«, sagte er so laut, dass einige, die hinter uns liefen, auf unseren Wortwechsel aufmerksam wurden. »Warum denn nicht?«

Ich hatte das Gefühl gehabt, ihn, Sara und die anderen so gut zu kennen. Dass Dinge sich so schnell ändern konnten, hatte ich nicht erwartet.

»Weil tausend Gründe«, sagte ich. »Weil wir das noch nie gemacht haben. Weil die Polizei uns dann zusammenprügelt. Weil wir nichts geplant, keine Strategie haben.«

»Und was nennst du das hier, Vallie? Zum x-ten Mal am Brandenburger Tor vorbeilaufen, ist das eine Strategie? Guck doch mal hin.« Wassim zeigte auf die endlosen Autoreihen auf der anderen Straßenseite, auf die Bäume, die im Tiergarten verdorrten, unseren mickrigen Protestzug.

Ich guckte nicht hin. Es war Juli, noch früher Vormittag, aber schon wieder schwülheiß, und der Tag sollte noch heißer werden. Für später gab es eine Unwetterwarnung, inklusive Sturmböen. Zuletzt hatte das immer Tote bedeutet.

»Wir spazieren durch die Gegend, und um uns rum geht die Welt unter«, sagte Wassim.

»Und was willst du – einen Riot?«, fragte ich. »Sag mir, wann das mal was Sinnvolles erreicht hat.«

»Stonewall«, sagte Sara, und das Wort stand einen Augenblick still in der schwülen Luft. Der Aufstand im

Stonewall Inn 1969. Polizisten hatten in New York mal wieder eine Bar der queeren Community gefilzt, Menschen rumgeschubst und beleidigt, aber dieses Mal waren Gläser und Flaschen auf die Cops geflogen. Ausschreitungen folgten, angeführt von Schwarzen Frauen breiteten sie sich aufs ganze Land aus. Stunde null einer Freiheitsbewegung.

»Yes«, sagte Wassim. »Und heute feiern wir den Christopher Street Day, als gäbe es kein Morgen mehr.«

Ich guckte die beiden an. Heute gab es wirklich kein Morgen mehr, und ohne den CSD gäbe es das zwischen Sara und mir wahrscheinlich nicht, auch wenn ich mir oft unsicher war, ob es noch lange halten würde. Manchmal musste ich an die Albatrosse auf den Falklandinseln denken, von denen ich gelesen hatte. Die Vögel wollen ihr ganzes Leben mit ihren Partnerinnen verbringen, tanzen jedes Mal, wenn sie sich nach langen Flügen wiedersehen, doch seit einigen Jahren war etwas aus dem Gleichgewicht. Die Albatros-Liebe war gestört, mehr und mehr Beziehungen wehten auseinander, und Wissenschaftler sagten, dass es an der Klimakrise lag.

»Wir stürmen keine Konzernzentrale«, sagte ich. »Vor allem, weil die DE doch eh schon erledigt ist.«

Von vorne kam ein Polizist auf uns zu, der, mit dem wir immer die Route absprachen. Ein älterer Typ mit Schnauzbart und Berliner Dialekt. Er lief neben uns her und sagte, dass wir unsere Abschlusskundgebung nicht am geplanten Ort machen könnten, wegen der Autokolonne eines internationalen Politikers gebe es eine unerwartete Straßensperrung.

Es tue ihm leid, sagte er, Berlins Straßen seien für die

Polizei mittlerweile wie ein riesiges Tetris-Spiel, in dem sie Demos, Politikerinnen und Wirtschaftsbosse ineinanderschachteln müssten, während die Geschwindigkeit immer weiter zunehme. Für uns sei heute auf jeden Fall am Potsdamer Platz Schluss.

Ich ließ es nicht auf eine aussichtslose Diskussion ankommen, nickte ihm zu, bedankte mich und spürte die Seitenblicke von Wassim.

»Du bedankst dich auch noch?«, sagte er.

»Es ist nicht seine Schuld?«

»Hey, voll nice, dass sie unseren Protest unterdrücken.«

»Was ist los?«, sagte ich.

Wassim wandte sein Gesicht ab, biss die Zähne zusammen, der Strang seiner Kiefermuskeln zeichnete sich unter der Haut ab. So kannte ich ihn nicht. Wut war nicht unser Metier. Wut war was für Asoziale im Fernsehen. Definitiv nichts für den politischen Raum. Wut war Zerstörung. Wir waren konstruktiv, und politische Arbeit war halt ein Marathon und kein Sprint.

»Selbst Jesus hat die Geldwechsler mit einer Peitsche aus dem Tempel vertrieben«, sagte Sara. »Und viel Zeit ist nicht mehr.«

Ich wusste nicht, wie sie das immer machte, so in mich reinzuschauen. Sie war aufgewachsen mit vollgewichsten Kondomen und Spritzen im Park vor der Haustür; ihre Mutter hatte sie allein großgezogen und ihr alles mitgegeben, um dort klarzukommen, dazu Erinnerungen an eine Heimat, die Sara nie gesehen hatte.

Was hatten meine Eltern mir mitgegeben?

Äpfel und Möhren für die Schule, unverwüstliche Kleidung einer teuren Marke aus Österreich und Millionen Glaubenssätze, die die Tage auf dem Spielplatz füllten wie Sand:

»Nicht streiten.«

»Sag immer schön Danke.«

»Sei lieb.«

Sie hatten akzeptiert, dass ich Computer Science studierte, was aber bald nur noch nebenherlief, nachdem ein Prof eine Kommilitonin rassistisch beleidigt hatte, wir daraufhin seine Vorlesungen bestreikten, er sich entschuldigen musste. Zum ersten Mal hatte ich den Kick des Protests gespürt. Stumm in Vorlesungen sitzen ging nicht mehr, was meine Eltern nervös machte – gerade sie –, aber sie waren auch stolz, als sie mich später in Talkshows sahen.

Ihre Tochter hatte es weit gebracht in diesem System – die größte Bewegung Deutschlands seit Jahrzehnten. Wir waren ganz oben, hatten Einfluss in den sozialen Medien, Zugang zu jeder Zeitung und jeder Redaktion, die privaten Telefonnummern von Ministerinnen im Handy. Wir hatten das breitestmögliche Bündnis geschmiedet, niemand, der ernst zu nehmen war, kam mehr ums Klima rum.

Auf seinem MacBook legte mein Vater Ordner für die Artikel über mich an, wenn ich in einem Interview irgendwo auftauchte, erzählten meine Eltern ihren Freunden davon; alle Türen würden mir jetzt offenstehen, sagten sie, aber wo führten die hin in unserer Situation? Wir hatten den Gipfel erklommen und standen trotzdem weiterhin vor dem Abgrund.

»Habt ihr's schon gesehen?« Lisa schloss von hinten auf

und hielt uns ihr Handy hin. »Nina Müller, die Sau, hat angekündigt, den DE-Firmensitz ins Ausland zu verlegen. Damit ist unser kleiner Sieg kaputt.«

Wir nannten Lisa manchmal liebevoll »die Zange«. Sie machte sich die meisten Gedanken über Strategien, darüber, wie wir die Gegenseite unter Druck setzen konnten. Es war ihre Idee gewesen, die DE – die Deutsche Energie – vor Gericht zu bringen, um den Konzern rechtlich zu zwingen, sich an die Vorgaben des Pariser Abkommens zu halten. Dass wir damit Erfolg hatten, hatte uns überrascht. Das Urteil: Die DE müsse ihre Emissionen innerhalb von zehn Jahren um knapp die Hälfte senken. Ein Durchbruch, ein Triumph. Wir hatten das System genutzt und gewonnen.

Nach der Urteilsbekanntgabe hatten wir ein Jubelselfie auf den Stufen des Gerichts aufgenommen, unser Vertrauen in den Rechtsstaat schien sich ausgezahlt zu haben. Konzerne in ganz Europa zitterten. Ein Funken Hoffnung. Die Nachricht vom DE-Umzug fühlte sich an wie ein Tritt in die Magengrube.

Ich holte mein Handy raus. Einige Minister empörten sich müde auf Twitter, andere boten Müller wahrscheinlich schon Steuererleichterungen an, falls sie doch bliebe. Doch Müller würde das durchziehen. Während einer Aufsichtsratssitzung soll sie mal fast eine Assistentin geschlagen haben, weil die ihr ein Glas Wasser über die Hose gekippt hatte.

»Das ist doch alles für'n Arsch«, sagte Sara.

»Ja«, sagte ich und guckte sie an.

Vielleicht waren sie und ich wirklich mal Albatrosse

gewesen, denn es gab sie, diese Momente tiefer Verbundenheit, wenn wir mal die Gelegenheit fanden, mittags gemeinsam zu kochen, auf dem Balkon Sonnenstrahlen zu fangen, Gedanken zu teilen; wenn zwischen uns fast alles leicht und alles andere bedeutungslos schien.

Aber wir schwebten immer seltener so mit aufgespannten Schwingen nebeneinander über der Welt, hetzten stattdessen von Demo zu Orga-Treffen, von Interview zu Strategiesitzung. Keine Zeit, auch nur einen Gedanken daran zu verschwenden, mit nackten Bäuchen auf einer italienischen Insel in der Sonne zu liegen. Morgens kaum jemals Zeit, nach dem Sex noch zusammen zu frühstücken, oft nicht mal für Sex. Und wenn wir doch mal zusammen aufwachten und frei hatten, las bald eine von uns auf ihrem Handy wieder irgendeine Nachricht darüber, wie Kängurus in Buschbränden verreckten, weil sie auf der Flucht in Stacheldrahtzäunen hängen blieben, und die Stimmung war kaputt.

Früher hatte es in Liebesgeschichten geheißen: Lass uns zusammen durchbrennen. Bei uns war es mehr: Lass uns zusammen ausbrennen.

Und auch die Bewegung, unsere Familie, zerfiel. Viele stiegen frustriert aus. Andere bissen bloß noch die Zähne zusammen.

»Whose Streets? Our Streets!«, schallte es von hinten.

Haltet die Fresse.

Die ganzen Plakate mit den gemalten Eisbären, den gewitzten Sprüchen und bunten Farben kamen mir immer mehr vor wie Anklagen gegen mich, wie Spiegel meines Scheiterns.

Ich spürte Wassim und Sara neben mir, spürte, wie mit jedem Schritt ihre Anspannung wuchs. Doch Gewalt war keine Lösung. Wir würden friedlich bleiben. Politik und Konzerne hörten nicht auf uns, aber wir konnten sie nicht zwingen.

Dann tauchten vor uns die Glasfassaden des Potsdamer Platzes auf. Die riesigen Werbebanner. Die verstopften Straßen. Die Reste der Berliner Mauer, die Passantinnen, die davon Fotos machten, ohne wirklich zu verstehen, was sie da sahen: das Zeugnis einer friedlichen Revolution.

Wassim warf einen Blick zu Sara. Die beiden nickten einander zu, ließen das Fronttransparent fallen, und Sara brüllte: »Kommt, Leute, heute schreiben wir Geschichte!«

Sie stürmten los. Die anderen rannten hinterher. Rissen mich fast um.

Und dann mit.

2

Mein Lehrer stand vorne an der Tafel, Deutschlehrer und Klassenlehrer. Groß, Anfang sechzig. Auf mich wirkte er uralt. Ich wusste nicht, was ihn so alt gemacht hatte; der ewige Kampf, die Schüler zu disziplinieren, sie immer wieder aufzufordern, den Mund zu halten, aufzupassen. Oder ob es nicht das Außen war, das ihn hatte alt werden lassen, sondern sein Innen.

Auf dem Lehrplan stand *Wilhelm Tell*: »eher den Tod, als in der Knechtschaft leben«, doch der Lehrer setzte am Ende der Stunde zu seiner bekannten Tirade an. Wir sollten uns anstrengen. Auf dem Arbeitsmarkt warte keiner auf uns, überhaupt warte da draußen niemand auf uns. Ranklotzen, sonst die große Schmach: Arbeitslosenhilfe. Und: unser Scheitern, unsere Schuld. Nicht seine, nicht die unserer Eltern, nicht die der Gesellschaft.

Das war seine Weltsicht. Sein Innen. Wahrscheinlich hatte auch er es irgendwo verpasst bekommen, wahrscheinlich trug er es deshalb nach außen. Und wahrscheinlich wirkte er deshalb so alt.

Beim Rausgehen kam er zu mir, Zigarettenatem, die Packung Marlboro in der Brusttasche seines orange-weißen Polohemds, und fragte, ob ich ihn zu seinem Auto begleiten könne, es gäbe da was.

Während wir nebeneinander hergingen, wollte er wissen, was ich von der Lektüre hielt, von Tell, und ich sagte, dass ich das Stück interessant fände und gern mehr erfahren würde. Er nahm seine Ledertasche auf die andere Schulter und sagte, er könne mir irgendwann mal nach dem Unterricht mehr erzählen, und ich lächelte, zögerte und sagte, ja, okay. Als wir am Sportplatz vorbeiliefen, sprach er vom Urlaub mit seiner Frau in der Schweiz. Sie seien auch auf dem Rütli gewesen, und insgesamt sei es eine schöne Reise gewesen, aber so eine Ehe könne sehr lang sein, und wahrscheinlich wisse ich das noch nicht, aber die schlimmste Einsamkeit verspüre man zu zweit.

Auf dem Lehrerparkplatz stieg er in sein Auto, guckte mich noch mal an und fuhr dann weg, und ich blieb zurück und fragte mich, was er gewollt hatte, fühlte mich ein bisschen wie ein Taschentuch voll Sperma, fand den Gedanken aber übertrieben, als ich später zu Hause auf meinem Bett lag. Er hatte wahrscheinlich nur wissen wollen, wie es mir ging.

Am nächsten Tag hatten wir Deutsch in der ersten Stunde, der Lehrer lächelte mich an. Ich lächelte zurück.

3

Schnauzbart-Polizist fand mich mit seinen Augen, kurz klebten unsere Blicke aneinander, dann wurde ich nach vorne gedrängt. Die Bundesbahn hatte ihren schicken Glasturm am Potsdamer Platz verkauft, um den Gewinn an ihre Shareholder auszuschütten. Die DE besaß jetzt eines der höchsten Gebäude Berlins, hundertdrei Meter, sechsundzwanzig Stockwerke, die spitz über uns aufragten, als wollten sie ein Loch in die Atmosphäre stechen.

Wir rannten nach rechts Richtung Eingang. Die Polizei war längst nicht so verpennt, wie Wassim und Sara erwartet hatten; ich hörte ihre Befehle aus knarzenden Lautsprechern über den Platz hallen, hörte unsere Schreie und sah Sara über eine Bordsteinkante stürzen, blickte mich um, sah Lisa ihr aufhelfen, wurde weiter vorwärts gedrängt.

Innerhalb von Sekunden erreichten wir den Glaskasten der S-Bahn-Station, waren abgeschirmt von der Polizei. Die preschte bald darauf seitlich in den Demo-Zug, schnitt den hinteren Teil von uns ab. Sara sah ich nicht mehr.

Wir erreichten den Eingang, zwei DE-Mitarbeiter kamen uns entgegen, sprangen zur Seite, wir stürzten durch die Türen ins Foyer, Wassim ein kleines Stück vor mir. Neben uns fuhr ein Sicherheitsmann von seinem Stuhl hoch, drei weitere standen beim Empfang. Einer griff zum Telefon, duckte sich dann hinter den Tresen, die anderen hechteten seitlich raus, um sich uns in den Weg zu stellen. Die Türen eines der fünf Aufzüge schoben sich auf, die Kabine groß wie ein SUV. »Zu den Treppen!«, schrie Wassim. Die beiden Sicherheitsmänner positionierten sich, doch wir strömten zwischen ihnen hindurch.

Knallend flog die Tür zum Treppenhaus auf, grau gestrichene Stufen, graue Wände mit einem neongrünen Streifen – konzipiert für den Fall eines Brandes und nur von denen benutzt, die Fitness für einen Lebenssinn hielten. Die ersten paar Stufen nahmen wir im Doppel, im dritten Stock brannte mir die Luft in den Lungen. Für mich war Fitness kein Lebenssinn. Nicht mehr.

Auch Wassim und die anderen hinter uns wurden langsamer, doch das Stampfen unserer Füße, tausendfach von den Wänden zurückgeworfen, füllte weiter das ganze Treppenhaus. »Wohin?«, brüllte ich zu Wassim schräg vor mir. »Ganz nach oben!«, rief er. In seinem Gesicht das breiteste Grinsen.

Zwei Stockwerke später wagte ich einen Blick zurück, das Treppenhaus war voll, unsere Gruppe erstreckte sich bis zum nächsten Absatz und darüber hinaus. Weit über hundert Leute mussten wir sein. Nicht das, was Wassim versprochen hatte, aber auch nicht nichts.

Aber was machten wir überhaupt? Ganz nach oben, und dann? Runterpinkeln? Brandbomben werfen?

Im zehnten Stock öffnete eine Frau im roten Kostüm

die Treppenhaustür, in der Hand eine Müslischale, die sie beinahe fallen ließ. Im fünfzehnten Stock standen die Sicherheitsmänner auf dem Absatz, ihre Arme ineinandergehakt. Ich sah sie erst, als es zu spät war zu stoppen, wurde gegen sie gedrängt. Sie retteten sich zur Seite, wurden gegen die Wand gedrückt. Wir zogen vorbei.

Irgendwer weiter hinten stimmte an: »One solution?« Und der ganze Treppenhauschor antwortete: »Revolution!« Mein Herz hämmerte in meiner Brust vor Anstrengung und Aufregung. Wir machten das. Wir liefen nicht der Polizei hinterher. Wir schossen keine Jubelselfies. Wir fragten keine breite Öffentlichkeit nach ihrer Meinung.

»One Solution?«

»Revolution!«

Rauschendes Blut in den Ohren.

Im sechsundzwanzigsten Stock endete das Treppenhaus. Die Tür zu den Büros öffnete nach innen, Wassim bekam sie gerade noch aufgerissen, bevor die anderen herandrängten, ich stolperte in den Büroflur, meine Füße landeten auf dickem, rotem Teppich. Sonnenlicht flutete durch große Fenster hinein. Es war auffallend still.

4

Sara rappelte sich auf und sah, dass die Polizei sich zwischen sie und den vorderen Teil der Demo gedrängt hatte. Eine ganze Kette, Schlagstöcke und Pfefferspray im Anschlag. Lisa war neben ihr. »Da rüber!«, brüllte Sara und zeigte mit ausgestrecktem Arm nach links.

Sie rannte los, die ganze übrige Demo hinterher, vorbei an Polizeiwagen, quer über rote Ampeln und rein in den Verkehr, ohne auf die Schreie der Fußgängerinnen und die Polizisten zu achten, immer auf die Stresemannstraße zu. Lisa rief nach hinten, dass sich die Demo auf die ganze Breite der Fahrbahn verteilen solle, damit die Cops nicht vorbeikämen und ihnen den Weg abschnitten.

Sara rannte, so schnell sie konnte. Am Anhalter Bahnhof schreckten zwei Taxifahrerinnen von ihrem Gespräch auf. Einige Wartende an einer Bushaltestelle fingen an zu applaudieren, als spürten sie, dass etwas in Bewegung war.

Hoch oben auf schlanken Masten saßen Überwachungskameras, starrten gierig auf Sara runter. Wie so oft trug sie einen weiten Schal um den Hals, den sie sich manchmal über den Kopf zog, um ihn vor der Sonne zu schützen, doch an diesem Morgen dachte sie nicht daran, sich zu vermummen. Warum auch. Sie hatte nichts zu verbergen. Sie hatte ihre Prinzipien. Zu denen stand sie. Zu denen hatte sie viel zu lange nicht gestanden.

5

Ich biss in meine Falafel und schaute die anderen an. Sara mit der Glatze, um den Hals eine kleine goldene Kette. Lisa mit glattem blondem Haar und grauem Mantel, in der Taille von einem Gürtel zusammengehalten, einen knappen halben Kopf größer als Wassim, der neben ihr stand, seine schönen Augen von einer runden, schmalrandigen Brille eingefasst. Es war der Abend nach unserer ersten Klimademo und zufällig auch mein fünfundzwanzigster Geburtstag, aber das war nicht wichtig. Robert war auch da gewesen, hatte sich aber schon verabschiedet. Wir sahen ihn dann auch länger nicht mehr.

Ich trug eine Trainingsjacke und eine schwarze Bauchtasche mit weißen Vulva-Prints, gekauft nach einem Schultrip in die langen Galerien des Prado. Ich war an den riesigen, pompösen Gemälden entlanggelaufen, bis ich mich irgendwann leer und abgeschnitten und stumpf gefühlt hatte. Auf den Bildern waren Frauen nur als Gewaltopfer, Prostituierte, Heilige oder Zierwerk dargestellt. Die Tasche mit den Vulva-Prints hatte ich draußen an einem Straßenstand gefunden.

Wessen Idee die erste Klimademo gewesen war, weiß ich nicht mehr. Sara, Wassim, Lisa, Robert und ich – wir fünf und einige andere hatten Wochen zuvor dazu aufgerufen, und auf dem kleinen Platz, der der Treffpunkt war, erschienen nicht ein paar Dutzend, nein, es drängten sich einige Tausend Menschen bis in die Seitenstraßen. Die Polizei wollte wissen, was wir jetzt machen wollten, und Sara verlangte einfach eine neue, längere Laufroute. Die Presse war da, schrieb mit, als Wassim mehr Klimaschutz forderte. Lisa sagte zu mir: Du musst am Ende deiner Rede gleich die nächste Demo ankündigen. Als ich auf der Bühne stand und genau das tat, brandete Jubel durch die Masse der Menschen, die dicht gedrängt beieinanderstanden, filmende Smartphones in die Luft gereckt, Gesichter, die mich anstrahlten.

Ich hatte eine Rede vorbereitet, fand sie aber in der Aufregung nicht, improvisierte und rief: »Die Arschlöcher von der Regierung müssen mehr tun!« Sofort war ich rot angelaufen. Arschlöcher. Das war rausgerutscht. Doch außer mir war niemand erschrocken, im Gegenteil, bei keinem anderen Satz applaudierte die Menge so laut, und als ich von der Bühne ging, umarmten mich die anderen.

Wir vier, die jetzt an der Falafelbude standen, hatten uns zuvor nur ein paar Mal getroffen, alles andere hatten wir online besprochen, ein paar Videocalls, ein paar Nachrichten. Ich hatte immer viele Leute um mich, hatte beste Freundinnen und meinen Turnverein gehabt, aber dieser kleine neue Kreis fühlte sich anders an.

Wir, die wir am Ende dieses Tages zusammenstanden, gemeinsam etwas aßen, teilten etwas, das über das gleiche

Alter, geteilte Interessen, Gossip hinausging. Wir teilten ein Erlebnis, das sich echter angefühlt hatte als alles Bisherige.

6

Ich blickte mich um und sah einen langen Gang, der sich nach links und rechts erstreckte. Rechts die Reihe der Aufzüge, dahinter zwei offene Türen, die in einen Konferenzraum führten. Links nur einige wenige Türen, die zu großen Büros gehören mussten.

Ich wusste nicht, ob das immer im freundlichen Wassim geschlummert hatte, aber er fing an, Kommandos zu geben. »Holt die Stühle aus dem Konferenzraum und verbarrikadiert damit das Treppenhaus. Ruft die Aufzüge hoch und stellt jeweils zwei Stühle in die Lichtschranke, damit sie oben bleiben.«

Wir rannten in den Konferenzraum. Ich konnte nicht überblicken, wie viele Stühle darin standen, aber es waren eine Menge. Ich packte einen und schob mich durch die herandrängenden anderen zum Treppenhaus, schleuderte ihn hinein. Wir müssen das als Kette zum Durchreichen organisieren, dachte ich, aber das zu versuchen war aussichtslos, und es funktionierte auch so. Die Stühle verkeilten sich auf den Stufen zu einer Mauer. Als der letzte Stuhl in die anderen hineingekracht war, wurde es still, nichts war zu hören als unser hechelnder Atem. Das Stockwerk gehörte uns.

»Sind wir allein?«, fragte ich Wassim. Er zuckte die Achseln und deutete mit dem Kinn in Richtung der Bürotüren.

Ich zögerte und nickte ihm dann zu.

7

Sara und die anderen erreichten das Ende der Straße. Sara sah die Parteizentrale der Sozialdemokratischen Union Deutschlands. Früher war die Partei Kämpferin für Demokratie und Arbeiterrechte gewesen, von den Nazis als Verräterin gebrandmarkt und gejagt. Doch heute, auf welcher Seite stand sie?

Da waren Konzerne wie die DE, Reiche und Superreiche, die das Klima zerstörten, um Profit zu machen, und mit ihrem Geld und Einfluss dafür sorgten, dass es so weiterging.

Und dann waren da alle anderen.

Wir.

Die neunundneunzig Prozent.

Die Nicht-so-Reichen in Deutschland und der Großteil der Menschen im Globalen Süden.

All jene, die unter den Folgen der Klimakrise litten, verreckten, weil die da oben an ihrer Gier erstickten.

Sara wurde langsamer.

Anders als früher ging es heute nicht mehr bloß um Umverteilung. Wenn das Klima zum Kippen gebracht wurde, würde so gut wie alles auf diesem Planeten sterben. Und es waren nicht allein Konzerne, die dieses tödliche System trugen. Es waren auch Parteien wie die SUD.

In der Heimat von Saras Mutter, den Salzwüsten der argentinischen Puna-Hochebene, lag unter der Erde Lithium, das für E-Auto-Batterien verwendet wurde. Ein deutsches Unternehmen riss die Böden auf, pumpte salziges Wasser an die Oberfläche, lagerte krebserregende Chemikalien neben Ortschaften.

Sara hörte vom Sterben, wenn sie mit ihren Tanten und Onkeln telefonierte. Erst kürzlich hatten zwei ihrer Cousinen Kinder geboren, beide kamen mit Behinderungen zur Welt. Eines überlebte nicht seine erste Woche.

Die Menschen in den Dörfern protestierten seit Langem, blockierten Straßen, brachen nachts in Förderanlagen ein und zerstörten Bulldozer. Die Polizei schoss scharf, verhaftete die Anführerinnen, brannte Dörfer nieder.

Und die SUD? Sie hatte das alles mit Bürgschaften, Kontakten zur argentinischen Regierung und laxen Lieferkettengesetzen erst möglich gemacht, und sie trug sie mit, die Lüge, dass E-Autos dem Klima nützen würden, dabei emittierte allein die Produktion einer entsprechenden Batterie über zehn Tonnen CO_2.

Seit fünfhundert Jahren litten Saras Leute unter der ganzen kolonialen Scheiße. Und es ging bis heute weiter. Unterdrückung nicht mehr im Namen eines Weißen Gottessohns, sondern für das vermeintlich grüne Wachstum. Es hatte damals eine Demo dagegen gegeben. Außer zwei Reporterinnen von linken Medien hatte sie keinen interessiert.

Neben der Parteizentrale war die Straße aufgerissen, ein

Haufen Pflastersteine lag da. Sara fühlte die Wut, die sich in ihr ballte, sie spürte, wie sich ihr Körper anspannte, als stünde sie auf einer Starkstromleitung.

Sie packte einen Stein, nahm einige Schritte Anlauf, riss den Arm nach oben und schleuderte den Stein auf eines der Fenster der Parteizentrale.

Saftig klang der Aufprall in ihren Ohren.

Der Stein war nicht durchgegangen, die Scheibe gepanzert, aber da, wo er getroffen hatte, prangte ein kleines, schartiges Loch, strahlte Sara an wie ein lachendes Auge.

Sekunden später hörte sie die Sirenen der heranrasenden Polizeiwagen aufheulen.

8

Mama hatte mich an einen kleinen See mitgenommen, zu einem Strand, beschienen von der Sonne. Am Ufer gegenüber wuchsen Bäume, die ihre Äste zu uns herüberstreckten wie winkende Arme. Mama zog Schuhe und Socken aus, krempelte ihre Hosenbeine hoch und mir die dunkelblaue Leggings. Es war warm für Mai, zu warm für lange Hosen und Leggings, und wir sahen die vielen Wasserläufer frech übers Wasser zuckeln.

Mama ging in die Hocke, ich kletterte auf ihren Rücken, klammerte meine Arme schräg um ihren Hals und ihre Brust. Sie hob mich hoch, hielt meine Beine fest, und machte ein paar Schritte ins Wasser. Wo ihre Zehen den gelben Sand berührten, kam schwarzer Schlick zum Vorschein, der aufwirbelte und im Wasser trieb wie bauschige Wolken.

Als Mama stehen blieb, erschienen kleine silbergraue Fische. Manche waren so lang wie ihre Hand, gestreift wie Tiger, und andere hatten rote Flossen und waren so lang wie meine Hand. Mama blieb ganz still stehen, und die Fische musterten ihre Füße, und wir musterten die Fische.

Einer von ihnen schien neugieriger und mutiger als die anderen, schwamm mit kleinen zackigen Stößen heran, und Mama und ich atmeten ganz vorsichtig. Unter meinem Arm spürte ich ihr Herz, und mein Herz klopfte an ihrem Rücken, und dann wackelte Mama mit dem großen Zeh, und die Neugiersnase schoss davon, aber nur ein Stück. Die anderen Fische näherten sich dem kleinen Freund, und er stieß sie mit dem Maul weg, scheinbar nicht nur neugierig, sondern auch ein Raufbold.

Mama hielt wieder still, und der Fisch schwamm wieder ran, und dann auch die anderen, und bald schwammen sie um Mamas Beine rum, und wenn sie ihre Füße bewegte, schossen sie nicht mehr davon. Mama konnte sie mit den Zehen am Bauch berühren, und sie kippten nur ein bisschen zur Seite und kamen dann aufs Neue, wie um zu spielen, und die ganze Zeit spürte ich Mamas Arme, die meine Oberschenkel hielten, mein Kinn auf ihrer Schulter, mein Ohr an ihrem Haar, und die Sonnenstrahlen, die uns wärmten.

Irgendwann wurde den Fischen das Spiel langweilig und uns auch. Wir schauten noch ein bisschen den Wasserläufern und den Libellen zu und gingen langsam zurück zum Ufer. Mama ließ die Füße an der Luft trocknen, und dann machten wir uns auf den Weg zurück zum Haus, meine Hand in ihrer.

9

Wassim lief neben mir den Flur runter; die anderen waren im Konferenzraum geblieben, Luft holen, einen Schluck trinken. Wassim öffnete die erste Tür, dahinter eine Kaffeeküche. Die zweite war verschlossen. Er drückte die Klinke der dritten herunter, und sie schwang auf.

Ein Vorzimmer, der Tisch der Assistenz leer, an der rechten Wand eine breite Flügeltür, die eine Hälfte nur angelehnt. Wir gingen darauf zu, zogen sie auf, und dann sah ich sie: Nina Müller. Sie saß hinter einem ausladenden Schreibtisch, den Rücken sehr aufrecht. Selbst im Sitzen wirkte sie groß, ihr schwarzes Haar glatt und mehr als schulterlang, die Augen ein weiches Blau.

Bevor sie und ich einmal in einer Talkshow aufeinandergetroffen waren, hatte Lisa scherzend gesagt, dass Müller doch eigentlich ganz heiß sei, und ich wusste, dass sie es nicht nur im Scherz meinte, weil ich wusste, was sie meinte. Trotzdem hatte ich Lisa einen schrägen Blick zugeworfen.

Die zwei Securitys stürzten vorwärts, Müller hob die Hand, stoppte sie. Ich hörte sie noch sagen: »… nur, damit

Sie Bescheid wissen.« Dann tippte sie zweimal mit dem Finger auf den Stöpsel in ihrem Ohr, guckte mich an und sagte: »Schön, wie kann ich Ihnen behilflich sein?«

10

Lisa hatte gesehen, wie Sara den Stein warf. Wie sie und die anderen weiterliefen und von der Polizei gejagt wurden. Sie versicherte sich, dass ihr Handy um ihren Hals hing, lief einige Schritte und öffnete die Tür zu einem kleinen Café. Bevor sie reinging, blickte sie noch mal über ihre Schulter, um zu sehen, ob jemand ihr folgte.

Lisa konnte sich vorstellen, wie es in diesem Moment in Sara aussah. Wusste, dass sie nach Telefonaten mit ihrer Familie in Argentinien manchmal tagelang kaum aß; wusste, dass der Pflasterstein auf das Parteigebäude für Sara ein Aufschrei gewesen war, eine Anklage gegen die Welt, die darin nur sinnlose Gewalt sehen würde.

Am Tresen wollte Lisa einen Iced Dirty Chai Latte mit Hafermilch bestellen, nahm dann doch einen Kakao mit Sahne. Den hatte sie früher oft mit ihrem kleinen Neffen getrunken, ihrem toten kleinen Neffen. Dass er nicht mehr lebte, das war die sinnlose Gewalt.

Lisa setzte sich an den Tisch ganz hinten in der Ecke, nahm ihr Handy und begann zu tippen. Sie schrieb auf, wie die Lebensweise der indigenen Kolla in Argentinien ausgelöscht wurde, erklärte, warum E-Autos nur Greenwashing sind, setzte einen Link zu einem Artikel über deutsche Verstrickungen in dieses dreckige Geschäft dazu und stellte das Ganze online, denn sie wusste: Egal, wie die Schlacht auf der Straße ausgehen würde, der Krieg wurde im Internet und in den Medien gewonnen.

II

Betrunken lagen Wassim, Sara und ich auf dem Dach der ALDI-Filiale am Maybachufer. Die Sterne über uns, eine Bluetooth-Box neben uns. Kae Tempest:

When everything is fluid, and when nothing can be known with any certainty
Hold your own
Hold it 'til you feel it there
As dark, and dense, and wet as earth
As vast, and bright, and sweet as air
When all there is
Is knowing that you feel what you are feeling
Hold your own

Wir sprachen jede Zeile auswendig mit.

Wassim hatte erzählt, wie er einmal in Hannover in einem Park in der Sonne gelegen hatte, die Augen geschlossen, einen Podcast auf den Ohren. Als er die Augen aufgemacht hatte, hatte er einen Polizisten über sich stehen sehen, in der Hand eine Dose Pfefferspray, gerichtet auf

Wassims Gesicht. Dann war noch eine Polizistin gekommen, dann noch vier weitere, sie umringten ihn.

Was er mache, hatten sie wissen wollen.

Was in dem Rucksack sei.

Ob er Drogen dabeihabe.

Während der ganzen Zeit, auch als sie seinen Rucksack aufgemacht und auf der Wiese ausgeleert hatten, hatte Wassim dagelegen, die Polizistinnen über ihm, die Dose Pfefferspray auf sein Gesicht gerichtet. Als sie nichts fanden, hatten sie gesagt, er könne seine Sachen jetzt wieder einpacken, und waren weggegangen.

Sara hatte erzählt, dass sie in der Grundschule gute Noten gehabt hatte und die Klassenlehrerin sie im Anschluss trotzdem auf die Hauptschule hatte schicken wollen. Saras Mutter hatte gegen die Lehrerin und die Behörden kämpfen müssen, sich durchgesetzt, und Sara war aufs Gymnasium gekommen, wo sie bald nicht mehr zum Unterricht ging; nicht, weil sie nichts mehr verstand, sondern weil sie verstanden hatte.

Ich erinnerte mich an mein Wettkampfturnen. Der Leistungsdruck, die chronischen Schmerzen, die mich noch immer verfolgten, der ewige Selbsthass, entschied, dass das an dieser Stelle keinen Platz hatte. Privilegiertenprobleme. Ich schwieg und behielt es für mich und fühlte mich damit doch allein.

Hold your own.

Noch weit nach Mitternacht lagen wir da, klammerten uns aneinander.

12

Setzen Sie sich doch«, sagte Müller und zeigte auf die Stühle vor dem Schreibtisch. Ihre Worte hallten ein wenig in der gefilterten Luft des Büros; durch die bodentiefe Fensterfront schien die Sonne herein, ließ jedes Detail überdeutlich erscheinen. Vor Müller auf dem Tisch ausgebreitet lagen Spielkarten; sie wirkte, als hätte sie auf uns gewartet.

Ich guckte Wassim an. Wir hatten keine Taktik, keine Strategie. Ich hatte in öffentlichen Gesprächen schon einige Male mit Müller diskutiert, aber das waren Orte mit klaren Regeln und Moderation gewesen. Mehr Fechten als Prügelei. Selbstbeherrschung und Vorbereitung waren Wege zum Punktsieg. Beides lag mir. Das hier nicht.

Ich ging zu einem der Stühle vor Müllers Schreibtisch, zog ihn heran, zögerte, setzte mich dann. Wassim blieb stehen. Müller strich ihre hellblaue Bluse glatt.

»Es freut mich, dass wir uns einmal richtig begegnen, nicht über Anwälte miteinander kommunizieren oder in den Medien, das ist ja immer so ein komisches Theater«, sagte sie und blickte mich über die Breite des Tisches hinweg an.

»Ich habe ein bisschen was über Sie gelesen. Wir sind beide im Vorort einer Großstadt aufgewachsen, und wie Sie habe ich ziemlich ehrgeizig Sport betrieben – Tennis, was ich mochte wegen des direkten Eins-gegen-eins. Wobei Wettkampfturnen noch härter zu sein scheint, weil der einzige Gegner ja man selbst ist und man, wenn man's vergeigt, den Fehler nur bei sich selbst suchen kann. Ansonsten spiele ich gelegentlich Poker, wenn ich dazu komme, Sie?«

Sie nahm die Karten vom Tisch, mischte sie, und ihre schlanken Hände erinnerten mich an die meiner Mutter, wenn ich am Küchentisch gesessen, Hausaufgaben gemacht hatte und sie mit den Fingern über ihr iPhone strich.

Ich folgte Müllers Bewegungen, als sie die oberste Karte zur Seite legte und die nächsten vier verdeckt an sich und mich verteilte. Als ich aufblickte, merkte ich, dass sie mich taxierte.

»Viel Zeit habe ich nie investiert, aber während des Studiums hat das Spiel mir geholfen, ein paar Dinge zu verstehen über das, was in Ihrer Welt, glaube ich, *theory of change* heißt.«

Ich sammelte mich endlich, sagte: »Oha«, legte dabei so viel Spott in meine Stimme, wie ich konnte. »Da bin ich ja gespannt.«

»Schauen Sie, ich erkläre es Ihnen«, sagte sie und legte wieder eine Karte zur Seite, dann drei aufgedeckt in die Mitte: Sieben, Dame, Ass. »Zum einen ist es ein Spiel imperfekter Information. Anders als beim Schach, wo ich sehe, wie Ihre Figuren stehen, weiß ich nicht, was Sie auf der Hand halten, vielleicht weiß ich, wie Sie in der Vergangenheit gespielt haben, doch sicher weiß ich nur: Sie wollen, dass ich verliere und dass Sie gewinnen.«

Sie deckte eine weitere Karte auf. König. »Dann habe ich bei diesem Spiel viel darüber gelernt, wie Erfolg funktioniert. Im Poker sprechen Amateure manchmal von Glückssträhnen, aber was sie meinen, ist Macht. Wenn ich viele Chips habe, kann ich mein Gegenüber mit hohen Einsätzen einschüchtern, ich kann bluffen, Verluste einstecken, und wenn ich einen Lauf habe, überrolle ich Sie, indem ich Sie vor mir hertreibe, ausnehme.«

Sie deckte die fünfte Karte auf. Noch ein Ass. »Und dann gilt mein Lieblingsprinzip: *Winner takes it all.*«

»Interessant«, sagte ich. »Und was hat das alles mit mir zu tun?«

13

Sara rannte von der Parteizentrale auf das zu, was mal der Landwehrkanal gewesen war, und bog rechts ab auf die B96. Ein Freund hatte sie mal die Straße der Träume genannt, weil sie quer durch Ostdeutschland zu den weiten Horizonten der Ostsee führte, und Sara dachte: Ja, erfüll sie uns, unsere Träume.

Sie fiel in einen schnellen Trab, die übrige Demo neben und hinter ihr, ein paar Hundert Leute, einige trugen noch ihre Schilder, die meisten hatten sie jedoch weggeworfen. Manche hakten beim Laufen die Daumen unter ihre Rucksackgurte, manche Gesichter waren grimmig verschlossen, manche gelöst und befreit. Sara wusste, wo sie hinwollte, und die anderen folgten ihr.

Im vergangenen Oktober war sie schon mal in diese Richtung unterwegs gewesen; die Rodungssaison hatte gerade begonnen, und die DE trieb ihre Pipelinebaustelle voran, ein dickes Rohr, das durch Berlin führen würde, um ein neues Kraftwerk mit Erdgas zu versorgen. Später sollte es auch Wasserstoff transportieren, aber für so einen Quatsch war keine Zeit mehr, da war die Wissenschaft klar.

Sara war morgens mit dem Rennrad los, hatte eine weite Hose getragen und dazu ein Tanktop. Bei der Baustelle angekommen, trat sie zu dem kleinen Grüppchen, das sich schon in einem losen Kreis versammelt hatte. Sara gegenüber stand ein Typ im T-Shirt, knapp unter der Armbeuge trug er ein Tattoo:

#gin

Sara hatte das gleiche Tattoo an der gleichen Stelle. Viele aus der Bewegung trugen es mittlerweile, aber Sara kannte von den Anwesenden niemanden näher. Lisa machte sich nicht viel aus Bäumen, und die anderen plagte das Gefühl, dass der Kampf gegen die Pipeline schon verloren war.

Aber darum war es Sara nicht gegangen. Sie hatte dabei sein wollen, wenn die Arbeiter der DE ihre Kettensägen an einem Baum ansetzten, der älter war als irgendein Mensch. Vielleicht hatte sie das von ihrer Mutter, letztlich war es für sie einfach eine Frage des Respekts.

Stumm hatten sie als Mahnwache dagestanden, während die DE-Leute am Anwerfseil der Kettensäge rissen, ihre Zähne in die Borke und dann das Holz des Baumes trieben und innerhalb von Minuten ein Lebewesen töteten, das jahrhundertelang gewachsen war. Sie hatten die Äste und den Stamm zerkleinert, die Stücke auf einen Laster geschmissen, einen Bagger herangefahren, die Wurzel rausgerissen und das Stück Erde dann planiert.

Die alte Kastanie war Opfer einer Pipeline geworden, deren Betrieb noch mehr Tod und Zerstörung bringen würde. Und dem wollte Sara endlich Einhalt gebieten. Mit der rennenden Demo. Genügend Menschen waren sie.

Auf den Hochgleisen neben der B96 rauschte eine gelbe Bahn über sie hinweg, der Verkehr auf der Gegenseite stockte, weil die Fahrer rüberguckten, scheinbar von überall gleichzeitig ertönten Sirenen, hallten wider von den umliegenden Gebäuden. Die erste Polizeikette sah Sara kurz vor der Schöneberger Straße. Ein Dutzend Cops in Kampfmontur, als einfache Reihe über die Breite der Fahrbahn aufgestellt. »Wir fließen da durch!«, brüllte Sara nach hinten und rannte schneller. Jeder Schritt ein lautes Klatschen ihrer Füße auf dem heißen Asphalt.

14

Mama und ich kamen zurück nach Hause, an meinen Füßen noch der Sand vom See. Mama schloss die Haustür auf, dahinter der lange Flur mit dem weißen Teppich und der weißen Kommode. Mama legte ihren Schlüssel darauf, an ihr vorbei sah ich Papa im Wohnzimmer sitzen.

Ich rannte los, patsch, patsch, meine Füße auf den Fliesen und dann auf dem Teppich, wollte Papa erzählen von den Wasserläufern, den Fischen, der Neugiersnase. Meine Mutter: »Mensch, Vallie!«

Ich stoppte.

»Deine Füße sind ganz schmutzig, guck dir mal an, was du mit dem Teppich machst.« Ich drehte mich um, ging ins Bad.

Später kam meine beste Freundin zum Spielen vorbei; wir wollten gleich losrennen, zurück zu dem gelben Strand. Mein Vater sagte: »Vallie, du hast versprochen, dass du erst deine Sachen wegräumst.«

Ich wollte es später machen.

Papa bestand darauf.

Meine Freundin guckte zu Boden.

Papa hockte sich vor mich hin, nahm meinen Unterarm in seine große Hand, sagte, dass ich es jetzt sofort erledigen solle, sonst müsse meine Freundin wieder nach Hause gehen. Ich spürte einen Druck in meiner Brust und in meinem Kopf, zerrte an meinem Arm und bekam ihn nicht frei, sagte: »Ich will nicht«, und fing an zu schreien. Tränen liefen meine Backen runter.

»Pfauchen, wir haben darüber geredet. Bei uns wird nicht geschrien«, sagte mein Vater und guckte über meinen Kopf hinweg meine Mutter an und dann wieder mich, und als ich noch lauter schrie, hob er mich hoch, drückte mich an seine Brust. »Dann ist halt mal wieder Schluss für heute«, sagte er und trug mich in mein Zimmer, setzte mich ab und zog von außen die Tür zu. Mit der Faust schlug ich dagegen und dann mit dem Kopf, und dann noch mal und noch mal, und dann weiß ich nichts mehr.

Ich hatte Beulen und blaue Flecken am nächsten Tag, und meine Eltern schwiegen. Sie sprachen ein paar Worte mit mir, wenn ich zum Essen kam, aber meine Mutter sagte nichts zu meinem Vater. Kein Wort, außer das notwendige »Ich bin um sechs zurück«, und ich fühlte mich wie zerdrückt von der Stille, wollte mich am liebsten in ihr auflösen.

Irgendwann gingen die Beulen weg, und die blauen Flecken gingen weg, und in mir ging noch etwas anderes weg. Meine Eltern begannen, wieder miteinander zu reden, aber meine Freundin kam nicht mehr zum Spielen.

15

Die Polizistinnen hoben Knüppel, Schilder und Pfefferspray, manche setzten einen Fuß nach vorn. Sara hielt weiter auf sie zu, riss die Arme über Kreuz nach oben, blickte in das junge Gesicht eines Polizisten, bevor sie ihren Kopf leicht anwinkelte, um ihn besser schützen zu können.

Der Knüppel traf sie auf dem Oberarm; Schmerz durchzuckte sie, sie prallte seitlich mit dem Oberkörper gegen einen Schild, dann war die nächste Person schon hinter ihr, drückte sie weiter durch eine Lücke in der Polizeikette.

Sara hörte das Zischen der Pfefferspraydosen und die Schreie der Getroffenen, spürte ein Beißen in der Lunge, drehte nach einigen Metern den Kopf und sah, dass die Kette gesprengt war, die Polizisten an den Straßenrand gedrängt wurden, ihre Leute hindurchströmten und weiter die Straße entlangrannten.

Ein paar Verletzte mussten zurückbleiben, andere kümmerten sich um sie. Saras Arm brannte, ihr Herz klopfte, sie biss die Zähne zusammen, lief weiter. Rechts tauchten die Bürogebäude auf, die den Potsdamer Platz umringten,

Sara fand eine Lücke, blickte durch und sah das oberste Stockwerk des DE-Towers.

16

Müller stützte die Ellenbogen auf dem Schreibtisch ab und setzte zu einer Antwort an, als links durch die Fensterfront der rennende Demozug ins Sichtfeld kam. Ich drehte den Kopf.

»Ah«, sagte Müller. »Ihre Freundinnen? Klimagerechtigkeitsbewegung? System change, not climate change?« Jetzt lag der Spott in ihrer Stimme.

Ich starrte gebannt aus dem Fenster. Das war Sara, und es dauerte einen Moment, bis ich mitbekam, dass Müller weitersprach.

»... Sie und Ihre Leute wollen eine kleine Revolution, Sie wollen herrschen, richtig?«, sagte sie. »Gucken Sie sich die Revolutionen der vergangenen Jahrhunderte an. Die neuen Herrscher ersetzten die alten, was blieb, war die Guillotine. Das ist im Kern ja auch, was die Klimawissenschaft uns zeigt: Jeder strebt nach mehr für sich, und alle gehen zusammen über die Klippe. Der Mensch ist so. Keiner findet es wirklich gut, und trotzdem machen wir weiter wie bisher, und die Folgen – oh, well –, die blendet man halt aus. Es war für mich nicht schön, die alten Apfelsorten in meinem Garten fällen zu lassen, aber der Gärtner hat ein paar neue gepflanzt, die resistenter gegen Trockenheit sind, und jetzt sieht es fast aus wie vorher.«

Müller machte eine Pause, zeigte auf einen Bildschirm hinter ihr. Der Satz »Wer ist John Galt?« schlingerte in Regenbogenfarben darauf umher.

»Ich gebe Ihnen einen Tipp. Stehen Sie dazu, dass Sie nach Kontrolle und Macht streben. Das da auf dem Bildschirm ist ein NFT. Sehr hässlich. Aber es war teuer. Das wissen auch die, die mitbekommen haben, wie ich es auf einer Auktion ersteigert habe. Die Presse schreibt wegen solchen Sachen schmeichelhafte Artikel über meinen Erfolg, die Politik lädt mich zu Geburtstagsfeiern ins Kanzleramt ein. Sie hingegen mit Ihrer Klimagerechtigkeit werden durch die Straßen gehetzt wie Karnickel.«

Sie machte mit ihrem Sessel eine halbe Drehung, um wieder aus dem Fenster zu schauen. Durch die erste Häuserlücke sahen wir noch immer die rennende Demo, durch eine zweite Lücke konnte ich bis rüber zur Neuen Nationalgalerie gucken und davor: eine Wand aus Polizistinnen, Mannschaftswagen und Wasserwerfern. Selbst aus dieser Entfernung sah es bedrohlich aus, und sie standen an der Stelle, auf die Sara und die anderen zuhielten. Eine Sackgasse, eine Falle.

Müller drehte sich zurück zu mir, lächelte. »Wissen Sie, im Poker gibt es noch etwas. Man muss sich immer irgendwann entscheiden: passen oder erhöhen«, sagte sie und griff über den Tisch, deckte meine beiden Karten nacheinander auf. Sieben und Dame. Zusammen mit den Karten auf dem Tisch ergab das zwei Paare. »In psychologischen Studien findet das übrigens auch seine Entsprechung: *Fight or flight* heißt es da.«

Müller legte eine Hand auf ihre Karten, bog sie mit dem Daumen an einer Ecke hoch und deckte sie dann auf. Sieben und König. Auch zwei Paare. Aber höherwertig.

Ihr Blatt schlug meins.

»Sie sehen gerade nicht so aus, als würden Sie kämpfen wollen. Wenn dem so ist, dann würde ich mich jetzt entschuldigen: Ich habe noch zu arbeiten.«

17

Wassim und ich waren zurück im Flur. Ich packte ihn an der Schulter, damit er stehen blieb.

»Danke, Wassim«, sagte ich.

»Was?«

»Das war eine brillante Idee, dieser kleine Sturm auf die Bastille.«

»Ach, komm.«

»Komm was? Komm mit, weil du noch so einen guten Einfall hast?«

»Ey …«

»Scheiße, Müller hat uns da drin massakriert, Sara und die anderen rennen gerade ins offene Messer.«

»Warum hast du dich denn auch so brav an ihren Tisch gesetzt?«

»Was hätte ich denn sonst machen sollen?«, fragte ich und guckte mich um. Ich suchte ein Fenster, von dem aus wir Sara und die rennende Demo sehen könnten. Wahrscheinlich ginge es aus dem Konferenzraum, aber ich wollte nicht zu den anderen, die würden fragen, was wir jetzt machen sollten. Stattdessen holte ich mein Handy raus.

Ein Anruf blinkte auf.

»Shit …« Ich guckte Wassim an, ging ein paar Schritte weg und nahm ab.

»Pfauchen, was ist los?«

Meine Mutter.

Pfauchen, das war der Spitzname meiner Eltern für mich. Ein Überbleibsel aus meiner Kindheit, das ich nicht loswurde.

Sie hatten sich an der Kunsthochschule bei einem Kursprojekt kennengelernt; mein Vater machte mit einer Vollformatkamera Schwarz-Weiß-Fotos von Birkenwäldern rund um Konzentrationslager, die meine Mutter mit Nagellack retuschierte, das fertige Werk signierten sie mit einem gemeinsamen Künstlernamen. Die beiden hatten mit dem Projekt einigen Erfolg, auch mit einer Performance, während der sie sich zeitgleich gegenseitig tätowierten, ohne abgesprochen zu haben, was die Motive sein würden. Verschmelzung nannten sie das Werk und sagten, sie wollten zeigen, dass wortloses Vertrauen ineinander größer sein konnte als der Schmerz der Nadel, und ich glaube, meine Mutter machte es wegen dem Vertrauen und mein Vater wegen dem Schmerz.

Mich hatten sie nach der Performancekünstlerin Valie Export benannt, die berühmt geworden war, als sie ihren Lebenspartner an der Leine wie einen Hund durchs bürgerliche Wien ausführte. Als ich klein war, wurde aus Vallie V und daraus Pfauchen, und das hatten sie bis heute beibehalten.

»Alles ist gut«, sagte ich zu meiner Mutter am Telefon.

»Wo bist du? Bei Sara oder im DE-Gebäude?«

Die Aufmerksamkeit der Medien hatten wir also und wahrscheinlich mehr davon als seit Monaten.

»Ich bin im DE-Gebäude.«

»Und Sara, was ist mit der los?«

»Wieso?«

»Hast du die Aufnahmen nicht gesehen, wie sie Pflastersteine wirft?«

Ich nahm das Handy vom Ohr, öffnete die App vom Berliner Tagesanzeiger und fand das Video: hochauflösende Bilder einer Überwachungskamera. Sara, wie sie Anlauf nahm und den Stein auf das Gebäude einer demokratischen Partei schleuderte.

»Pfauchen, bist du noch da?«

Ich nahm das Handy wieder ans Ohr.

»Ja.«

»Pass auf dich auf, ich möchte nicht, dass du ins Gefängnis gehst, dafür haben Papa und ich dich nicht großgezogen.«

Zuerst Müllers Vortrag. Jetzt meine Mutter.

»Nein, Mama, ihr habt mich großgezogen, damit ich in eine brennende Zukunft gehe.«

18

Ich liebte es, den rauen Schwebebalken unter meinen Füßen zu spüren, besonders in dem Moment, in dem ich zum Salto ansetzte, meine Fußsohlen kurz über das Vlies rieben. Oder längs auf dem Balken liegen – der beißende Geruch in der Nase, das Magnesium, der Schweiß –, gleich darauf hochkommen, Zehen und Arme lang strecken, drehen, die Sekunden konzentrierter Ruhe vor dem Abgang, dann sauber landen, und wenn es gut war, das Team abklatschen, das daneben stand und die Daumen gedrückt hatte. Dafür war ich in der Halle. Auch für den Rausch des Fliegens am Stufenbarren, wenn ich mich drehte, umherwirbelte, die Fliehkraft spürte, wenn nur noch mein Körper wusste, was er tat, für den Kopf alles zu schnell war, alles fließend ineinandergriff.

Bei Wettkämpfen guckte ich den Profiturnerinnen in strassbesetzten Bodies zu. Um da hinzukommen, fuhren mich meine Eltern fast jeden Abend in die Halle, und ich schaffte es in die Leistungsgruppe, war dort die Schwächste, versaute dem Team ein ums andere Mal die Mannschaftswertung. Alle beteuerten, dass das nichts mache.

Der Sprung in den Stütz am Barren, dieses magische Gleichgewicht, wenn der ganze Körper auf den Handgelenken ruht, und am Ende eines langen Trainings die Erschöpfung der Arme, zu müde, um noch die Drehung zu vollführen, zu müde, um den Abstieg zu machen, alleine da oben, zurückgeworfen auf mich selbst, die aufsteigende Panik festzuhängen, abzustürzen, die Schmach, es mal wieder nicht gepackt zu haben.

Irgendwann die Schmerzen im Ellenbogen, die chronisch wurden, die ich ignorierte, mit Kortison wegspritzen ließ, die inneren Monologe, der Vorwurf an meinen Körper, schwach zu sein, die Entscheidung, noch härter zu trainieren, um ihn zu bestrafen, letztlich das Wegbleiben aus der Halle, ohne den anderen richtig Bescheid gesagt zu haben.

Anderes kam in mein Leben, das Studium, die Bewegung. Die Entzündungen blieben, wurden manchmal schlimmer, breiteten sich aus; manchmal spürte ich sie bis in die Hüfte, was mich innerlich ins Wanken brachte, weil sie so tief in meinem Körper zu stecken schienen.

»Was ist mit deinem Arm?«, wurde ich gefragt, wenn ich ihn mal wieder leicht angewinkelt hielt.

»Nichts«, sagte ich dann.

Ich ging auch nicht mehr zu Ärzten, ignorierte ihn, den alltäglich gewordenen Schmerz.

19

Meine Mutter sagte durchs Handy: »Pfauchen, sprich mit der Regierung, geh vor Gericht, aber Gewalt ist kein Weg.«

»Erst mal: Das mit der Regierung und den Gerichten haben wir probiert. Wenn du gerade so viel Nachrichten liest, hast du das mit dem DE-Umzug vielleicht auch mitbekommen. Und zweitens: Was ist denn daran Gewalt? Man kauft halt eine neue Fensterscheibe und setzt die da ein.«

»Ja, das ist der Anfang, und dann geht es weiter.«

»Wovon redest du?«

»Du weißt, wovon ich rede: RAF, Anschläge, die ganze Eskalation.«

Ich atmete tief ein. Dieser Dreh, ich hasste ihn.

»Die Gewalt ist längst eskaliert«, sagte ich. »Wenn in Ostafrika Millionen Menschen wegen der Klimakrise hungern, ist das Gewalt. Wenn jeden Tag zig Tiere und Pflanzen für immer aussterben, ist das Gewalt.« Ich schluckte und fügte hinzu: »Wenn ein deutscher Konzern mithilfe der SUD in Argentinien eine Miene gräbt, Saras Familie vertreibt und das Grundwasser vergiftet, ist das Gewalt.«

»Aber das will doch niemand, dass das passiert«, sagte meine Mutter.

Ich stellte mir vor, wie Sara draußen auf der Straße die Arme auf den Rücken gedreht, die Hände mit Kabelbindern gefesselt wurden.

»Das will niemand? Die fünf Tonnen CO_2, die ihr mit eurem Flug nach Barbados produziert habt, weil Papa da dieses Opernprojekt besuchen und sich mal wieder ein bisschen wie ein Künstler fühlen wollte – das wolltet ihr nicht? Die gefällten Bäume, weil ihr eine Garage bauen wolltet – das wolltet ihr nicht?«

Meine Eltern hatten lange mit ihrer Kunst weitergemacht, verdienten irgendwann auch ein bisschen Geld damit, und bald kam noch gutes Geld von Grafikagenturen dazu. Das Geld kaufte meinen Eltern schöne Sachen – Schönheit mochten sie –, und die Sachen übernahmen Stück für Stück ihr Leben. Von den immer größeren Wohnungen zogen wir in ein Haus, und als unser gefleckter Mischling eingeschläfert werden musste, ersetzten wir ihn durch einen Australian Shepherd.

»Was ist denn so ein Flug anderes, als einen Ölwechsel in einem Naturschutzgebiet zu machen und das alte Öl in einen See laufen zu lassen? Oder mit einer Kettensäge ein paar Buchen zu fällen, weil man gerade Bock darauf hat? Oder Robbenbabys totzukloppen?«

»Pfauchen!«

»Nein!«

Ich legte auf, mein Körper angespannt, blickte hoch und sah Wassim immer noch neben mir im Flur stehen.

Er guckte mich an. »V nicht mehr Pfauchen?«

Ich erwiderte seinen Blick.

Wassims Mundwinkel umspielte ein Lächeln: »V steht jetzt vielleicht für Vendetta?«

20

Die Ränder der Grube fielen steil vor mir ab, ich stand an der Kante und verlor die Orientierung. Es war mein erster Besuch am Tagebau Garzweiler, Ground Zero der deutschen Klimabewegung, noch bevor ich richtig aktiv wurde.

Ganz in meiner Nähe stand ein Kohlebagger, bizarr groß, größer als jede andere Maschine, die ich je gesehen hatte. Das Schaufelrad grub sich in die oberste Erdschicht, den Mutterboden. Mitten im Loch stand noch so ein Ding, aber weit weg, im Licht der untergehenden Sonne nur ein dunkler Fleck in der Weite dieser Wüste, und dazwischen: Kohle. Sand. Staub. Keine Bäume, keine Pflanzen, keine Tiere bewegten sich da, keine Menschen. Nicht einmal Vögel am Himmel. Nur das Rauschen des Windes, der über die Grube ging und das monotone Brummen der Bagger herantrug. Das Ende der Grube konnte ich kaum sehen, und je länger ich dastand, desto mehr schien es, als breche der Horizont weg, als fiele ich mit ihm in dieses riesige Loch.

Die Kohle wurde zu Strom, dank ihr gab es fast alles, was mein Leben ausmachte. Die Fabriken, die die Autos produzierten, die mich hergebracht hatten, die Mähdrescher, die das Getreide für mein Brot ernteten, die Häuser, in denen ich wohnte. Die moderne Medizin, Krankenhäuser, Unis, ICEs, die Satelliten für die Karten-App auf meinem Smartphone, Social Media, Nachrichten, Clubs, frische Tomaten im Winter, steigende Lebenserwartung, Prosecco. Fast nichts, was wir als unsere Zivilisation bezeichneten, gäbe es ohne Strom. Keinen Fortschritt. Keine Kontrolle über die Umwelt. Selbst Demokratie und Menschenrechte gäbe es wahrscheinlich nicht.

Doch dieses Loch war Europas größte CO_2-Quelle, bedeutete auch Zerstörung. Erderhitzung. Globaler Kollaps, vielleicht noch zu meinen Lebzeiten, also Hunger, Kriege, Krankheiten.

Und nicht nur das. Die Schaufelräder drehten sich Tag und Nacht als Teile der riesigen Maschinerie namens Wirtschaftswachstum, und ich und mein anerzogener Leistungsdruck, in der Schule, im Sport, ich war doch nichts anderes als ein kleines Rädchen – oder? Waren meine guten Noten und das BIP nicht Kennzahlen für die gleiche Sache?

Ich konnte nicht aufhören, in das Loch zu starren; wie der Strom da nie endend aus dieser Wunde im Erdboden floss, schien er mir plötzlich wie Eiter, der alles infizierte, und ich dachte, dass sich vielleicht deshalb alles um mich rum immer mehr wie eine große chronische Entzündung anfühlte. Alles immer höher, immer schneller, immer heißer.

Was war aus der Kunst meiner Eltern geworden? Ein Produkt. Aus ihrer Leidenschaft: Karrieren. Stehenbleiben, sich Zeit nehmen schien nicht möglich. Zumindest schienen sie es nie in Erwägung gezogen zu haben.

Soziale Medien verbanden mich mit meinen Freundinnen, ich bekam Aufmerksamkeit, die mich auffraß mit ständiger Erreichbarkeit und Vergleichbarkeit. Aus dem Turnen waren chronische Schmerzen geworden. Was ich für Selbstverwirklichung hielt, würde mich vermutlich in den Burn-out führen. Für meine Sicherheit und meinen Komfort krepierte der Planet.

Und all das galt mir als richtig, ja erstrebenswert, dabei war es meine Zukunft, die in diesem Loch starb. Der Rauch der Kraftwerksschlote war Gift für alles, wovon ich träumte.

Ich hatte immer gedacht, wenn ich später einmal keine Karriere machen würde, hätte ich keine Existenzberechtigung.

Jetzt begriff ich: Karriere machen war nichts als Selbstmord.

Ich war verarscht worden.

Verraten.

Wir alle wurden verraten.

21

Was machen wir jetzt?«, fragte ich Wassim, im Flur des DE-Towers stehend.

Er schaute mich an, antwortete nicht.

22

https://www.berliner-tagesanzeiger.de

Klimaaktivisten randalieren in Berlin

Am Rande einer Demonstration ist es zu Angriffen auf eine Parteizentrale gekommen. Eine Gruppe Aktivisten hat die Zentrale der DE besetzt. Der Berliner Innensenator kündigt hartes Vorgehen an.

Nach Angaben der Polizei ist es aus einer Demonstration von Klimaaktivisten heraus zu Gewalttaten gekommen. Ungefähr tausend Menschen nahmen an der friedlichen Demonstration teil, als auf Höhe des Potsdamer Platzes etwa hundert Demonstranten von der behördlich genehmigten Route abwichen und in die in der Nähe befindliche DE-Zentrale eindrangen. Dabei überwältigten sie mehrere Sicherheitsleute.

Mehrere Hundert weitere Demonstranten griffen die unweit gelegene Parteizentrale der SUD mit Pflastersteinen an. Fenster wurden beschädigt, verletzt wurde niemand.

Berlins Innensenator Philip Timor geht von einer von langer Hand geplanten Aktion aus. »Was wir hier sehen, ist eine inakzeptable Eskalation«, schrieb Timor auf Twitter. »Wir werden dem mit der vollen Härte des Gesetzes entgegentreten.«

Gegenüber dem *Berliner Tagesanzeiger* gab Timor an, es sei zu prüfen, ob die Aktionen einen terroristischen Akt darstellten. »Zum Glück haben wir für solche Situationen die neuen Polizeiaufgabengesetze, die uns den notwendigen Spielraum geben«, sagte er. »Die Verantwortlichen werden zur Rechenschaft gezogen werden.«

Aufseiten der Klimabewegung war niemand für eine Stellungnahme erreichbar. In den sozialen Medien kursiert ein Text, der die Angriffe auf die SUD-Parteizentrale mit der Ausbeutung von Lithium-Vorräten in Lateinamerika in Verbindung bringt. Zu diesem Zeitpunkt befindet sich ein Teil der Demonstration weiterhin in Aktion.

3 Kommentare

Gelber Hahn *vor 16 Minuten*
!! Entfernt. Bitte verzichten Sie auf Gewaltandrohungen. Danke, die Redaktion/fg

Fridel *vor 11 Minuten*
Hätte schon viel früher passieren sollen. Die wahren Gewalttäter sind nicht auf der Straße sondern hinter den Glasfassaden.

KitzeKitze *vor 9 Minuten*
Jetzt zeigen sie ihr wares Gesicht diese Gutmenschen. Endlich.

23

Ich lag auf dem Bett, um mich herum war es so still und dunkel, dass ich nicht schlafen konnte. Eine kleine Hütte in den Bergen, Freunde hatten mir geraten herzukommen, das Handy zu Hause zu lassen, mir Zeit für mich zu nehmen.

Stunden lag ich wach, spürte mein Herz in der Brust schlagen, verfolgte meine Gedanken, wurde von ihnen getrieben. Schwärze.

Was ist das, die Nacht? Was macht sie anders als den Tag? Wann fängt sie an? Wann hört sie auf? Hört sie auf?

Die Konturen des Stuhls auf der anderen Seite des Raums verschwammen mit dem wuchtigen Holztisch, an dem er stand, eine Vase auf der Anrichte zerfloss. Ich schloss die Augen, in der Dunkelheit meiner Lider flimmerte es, ich öffnete sie wieder. Rauszugehen ergab keinen Sinn, nichts als weite Viehweiden, die Luft fühlte sich von Minute zu Minute dicker an, bis ich sie schmeckte zwischen den Zähnen, wie Eisen, wie Blut, wie damals, als ich vom Barren gestürzt war, mir ein Stück meiner Zunge abgebissen hatte.

Ich wälzte mich im Bett, verhedderte mich in der Decke, blieb liegen auf dem Rücken, die Gedanken ein nicht abreißendes Flüstern in meinem Kopf, ein Rauschen in meinen Ohren, das immer mehr anschwoll, bis es verebbte, bis ich einschlief, unruhig träumte.

Ein Mann steht vor mir in einem weiten weißen Raum, hält eine Tasse in der Hand. Ich greife nach ihr, er zieht sie weg. Ich greife erneut, der Mann entfernt sich, die Wände ziehen sich zurück. Ich folge ihm, der Raum weitet sich noch mehr, ich hole den Mann ein, greife nach der Tasse, verfehle sie wieder. Der Mann wendet sein Gesicht ab. Ich greife mit beiden Händen, erwische die Tasse, gucke hinein. Sie ist leer.

Ich schaue auf, Nina Müller sitzt vor mir auf einem Bürostuhl. Ihre Hände sind hinter ihrem Rücken gefesselt, die schwarzen Haare fallen ihr auf die Schultern, die blauen Augen richtet sie auf mich. Ich gehe zu ihr, setze mich rittlings auf sie, packe von hinten ihre Haare, schmiege mich langsam an sie, streiche mit meiner Wange über ihre, spüre, wie alles enger wird in mir. Müller bleibt stumm, und ich lege einen Arm hinten um ihren Schädel, packe mit der anderen Hand ihr Kinn, drehe mit einem Ruck ihren Kopf, sodass das Genick mit einem lauten Knacken bricht. Ich stehe auf, packe die Rückenlehne des Bürostuhls, zerre ihn hinter mir her, bis ich an eine Klippe gelange, ich blicke hinunter, sehe unzählige blutige Körper da unten liegen. Wache auf.

24

Wassim blickte aus dem Fenster. Wolken bedeckten den Himmel, letzte Sonnenstrahlen fielen auf die Flaggen der amerikanischen und der britischen Botschaft, auf das Schwarz-Rot-Gold des Reichstags.

Er hatte Bachelor und Master neben den Protesten durchgezogen, gerade angefangen zu promovieren: *Koloniale Kontinuitäten in der Klimakrise – Die Erdatmosphäre als Terra Nullius, vermittelte Gewaltverhältnisse und Embodiment als Widerstandsparadigma des 21. Jahrhunderts.*

Im Park hatten sie ihn damals nicht kontrolliert wegen des Podcasts, den er hörte, nicht wegen der Gedanken in seinem Schädel, nicht wegen der Bücher, die er dabeihatte.

»Du sprichst aber gut Deutsch«, hatte die alte Frau mit der blumenbedruckten Tasche an der Bushaltestelle in Hannover gesagt. Wassim, acht Jahre alt, in seinem Ranzen Schreibhefte voller krakeliger Buchstaben, aber schon kein Kind mehr, sondern ein Anderer. Dein Körper gehört nicht an diesen Ort, hatten sie zu ihm unzählige Male gesagt, noch bevor er hatte zählen können. Für die Oberstufe wechselte er aufs Gymnasium, allein unter Weißen, denn die meisten seiner Freundinnen fingen Ausbildungen an, und Wassim sprach ein Jahr lang kaum, eigentlich nur, wenn er dazu aufgefordert wurde. Sein älterer Bruder zeigte ihm Questlove, im Musikraum fand er ein Schlagzeug; zu Hause in seinem Zimmer sang er die Lieder von Umm Kulthum, die seine Mutter oft anmachte, und es weckte wieder etwas in seinem Herzen, aber die Erfahrungen blieben eingeschrieben.

Im Philosophiestudium fand er nichts für sich bei all den deutschen Denkern, die vom Geist und der Vernunft redeten, als schwebten ihre Hirne durch luftleeren Raum, wobei Wassim sich vorstellte, dass sich die Welt für Weiße privilegierte Männer wahrscheinlich so anfühlte: alles für sie erdacht, entworfen und erbaut, während alle anderen ununterbrochen gegen Hindernisse prallten.

»Meine Antwort auf Rassismus ist Wut. Mein ganzes Leben lang habe ich mit dieser Wut gelebt, ich habe sie ignoriert, von ihr gezehrt und gelernt, sie zu nutzen, bevor sie meine Visionen in Schutt und Asche legen konnte«, hatte Audre Lorde mal gesagt. Und Wassim begann alles dafür zu tun, damit die Wut ihn und seine Träume nicht in Schutt und Asche legte.

25

D*er Sarg ist viel zu klein.* Der Satz drehte sich in meinem Kopf. Lisa war mit ihrer Schwester vorne am Grab, Wassim und Sara standen neben mir, Sara schluchzte. In einem weiten Halbkreis hatte sich Lisas Familie um das Loch im Boden versammelt, durch eine Lücke konnte ich den bereits darin versenkten Sarg sehen. Er war viel zu klein.

Vor zehn Tagen hatten die Wetterdienste heftige Regenfälle vorausgesagt. Lisa hatte ihre Schwester angerufen, ihr eingeschärft, das ernst zu nehmen, die Flüsse würden über die Ufer treten, in den engen Tälern zu reißenden Strömen werden. Sie hatte es ernst genommen, war nach der Arbeit durch den strömenden Regen zur Kita gerast, hatte die Zwillinge abgeholt, war dann nach Hause geeilt, um ein paar Sachen zu packen: Wechselklamotten, Spielsachen und etwas zu essen für die lange Fahrt zu ihren Eltern.

Das Wasser stand schon auf dem Asphalt, als die Kinder endlich in dem blauen Seat saßen und einer der beiden Jungs feststellte, dass seine Marienkäferhandpuppe noch fehlte. Lisas Schwester packte ihn und rannte zurück ins

Haus, um die Puppe zu suchen. Sie war gerade im Kinderzimmer, als die Flutwelle die Straße entlangschoss. Weiter oben im Tal war ein Schleusentor gebrochen, wie eine Wand wälzte sich das Wasser talwärts, riss Bäume, Vordächer und das Auto von Lisas Schwester mit. Rettungskräfte fanden es zwei Tage später verkeilt und zerquetscht unter einer Brücke, der Körper ihres Sohns hing noch angeschnallt im Kindersitz. Dieser viel zu kleine Körper.

Lisas Schwester, dachte ich, während wir dastanden, würde mit dem unbegreiflichen Verlust leben müssen. Ihr überlebender Sohn damit, dass sein Bruder tot war, weil er seine Puppe gewollt hatte. Alle in der Familie und Verwandtschaft mit der Lücke, die der Tod gerissen hatte, mit diesem Loch, das vor ihnen im Boden klaffte.

Das Gesicht des Gemeindepfarrers war ausgezehrt, man konnte sehen, dass er seit Tagen kaum geschlafen hatte. Es waren viele Menschen gekommen, viele der Anwesenden wirkten wie betäubt, hatten dreckige Hände vom Schuttwegräumen und trugen Kleidung, die ihnen nicht passte, weil fast alles, was ihnen mal gehört hatte, weggespült worden war.

Der Pfarrer versuchte ein paar Worte. Seine Sätze brachen ab. Er griff zu seiner Bibel, blätterte vor und zurück, las schließlich etwas vor. Als die Sonne rauskam und durch die raschelnden Blätter der ringsum stehenden Pappeln auf das Grab schien, wurde die Szene fast unerträglich.

Zu Fuß gingen wir rüber zur Gaststätte. Auf den beiden anderen Beerdigungen, die ich bis dahin erlebt hatte, war das der Moment gewesen, wo der schräge Onkel einen vorsichtigen Witz riss oder jemand anfing, tröstliche Geschichten aus dem Leben des Toten zu erzählen. Doch niemand sprach.

Die Gaststätte lag hangabwärts, auch sie war überschwemmt worden, zertrümmerte Tische und Holzstühle türmten sich vor dem Eingang. Der hintere Teil des Gastraums war notdürftig mit Bierbänken vollgestellt worden, dort setzten Wassim, Sara und ich uns hin. Sara bestellte einen Korn, Wassim, der selten trank, auch.

Wir löffelten die Suppe, die die Kellnerin servierte. Mein Magen fühlte sich an, als wäre scharfer Draht darumgewickelt. Nach dem Essen suchte ich Lisas Blick, versuchte ein vorsichtiges Nicken Richtung Ausgang. Sie bedeutete mir, dass wir ruhig gehen sollten, dass sie bleiben würde. Ich fühlte mich schäbig, wie eine Verräterin, doch als wir in die Sonne traten, atmete ich auf. Einen kurzen Moment standen wir auf dem schlammverkrusteten Bürgersteig, als die Tür hinter uns noch mal aufging und jemand rauskam. Es war Robert, der damals unsere erste Klimademo mitorganisiert hatte.

»Hi«, sagte er.

Ich hatte gehört, dass er Sprecher einer kleineren Ortsgruppe geworden war, später ging oder gegangen wurde. Darüber gab es verschiedene Geschichten, auf jeden Fall schien er nicht damit klargekommen zu sein, sich an Absprachen zu halten, auch wenn seine ganze Gruppe sie gemeinsam getroffen hatte.

Ich hatte ihn bei der Beerdigung nicht gesehen, aber er schien auch dort gewesen zu sein. Lisa hatte mal erzählt, dass Robert und sie zusammen zur Schule gegangen, früher auch befreundet gewesen seien, was ich mir schwer vorstellen konnte. Robert, der selbst an diesem Tag seinen flaschengrünen Hoodie trug, und Lisa, die immer so verbindlich und korrekt war, dass sogar Journalisten konservativer Redaktionen vertrauensvoll mit ihr smalltalkten.

»Wollt ihr eine Runde gehen?«, fragte Robert. »Kann ich mitkommen?«

Ich hatte keinen Bock, wollte allein sein mit Sara und Wassim und sagte: »Klar, gerne.«

Wir gingen langsam die Straße runter. Unangenehmes Schweigen. »Ich find es so krass, wie es einfach immer die Schwächsten trifft«, sagte Wassim irgendwann. Wären wir unter uns gewesen, hätte er sicherlich andere Worte gewählt. »Habt ihr diese Studie über Berlin mitbekommen, die zeigt, dass vor allem arme migrantische Viertel wie Neukölln unter der Hitze leiden?«

»Na ja, und dann Frauen noch mal mehr als Männer«, sagte Sara.

»Ich bin gespannt, wer die Verantwortung für das hier übernimmt, irgendwer hat doch sicherlich Scheiße gebaut. Aber das wird wahrscheinlich von der Landesregierung kaschiert werden«, sagte ich.

Es war albern. Nichts, was einer von uns sagte, war neu für die anderen. Nichts davon würde etwas ändern, es half bloß, den Schmerz nicht zu spüren auf dieser staubigen Straße entlang des Flusses, der jetzt wieder friedlich plätscherte, umgeben von zerbrochenen Fenstern, umgestürzten Zäunen, vereinzelten Sneakern, die aus dem Schlamm guckten.

Und so machten wir weiter:

Die Schwarze Bevölkerung von New Orleans, die unter

Hurrikan Katrina am meisten gelitten hatte. Die Menschen in Bangladesch, deren CO_2-Fußabdruck völlig witzlos war und die schon heute salziges Wasser trinken mussten, weil der Meeresspiegel stieg.

Die Indigenen in Russland, die litten, weil die Temperaturen immer heftiger schwankten. Mädchen in Indien, die nach Ernteausfällen hungern mussten, damit ihre Brüder genug bekamen, Schwangere, die Fehlgeburten erlitten. Wir redeten und redeten, die Geschichten des Leids verschwammen, ein schwarzer Fluss, in dem wir trieben. Wie ein blaues Leichentuch spannte sich der Himmel über uns.

Hinter einer Straßenbiegung kam eine Brücke über den Fluss in Sicht.

»Scheiße«, sagte Sara.

»Was?«, sagte ich.

Ein zerquetschter blauer Seat wie der von Lisas Schwester hing eingeklemmt zwischen einem geborstenen Baumstamm und dem Brückenpfeiler. Wir gingen weiter, machten die letzten Meter, standen genau über dem Auto, blickten hinunter.

Robert, der die ganze Zeit nichts gesagt hatte, war der Erste, der wieder zu sich kam. Er sagte: »Irgendwer wird dafür bezahlen.«

26

Saras Oberarm schmerzte, wo der Knüppel sie getroffen hatte. Sie und die anderen liefen den Kanal entlang, vorbei an einer kleinen gesperrten Brücke, hielten weiter auf ihr Ziel zu.

Vor dem terminalartigen Gebäude der Neuen Nationalgalerie stand ein Kühllaster auf der Kreuzung, versperrte die Sicht. *Frische Krabben aus der Nordsee!* stand fett und rot auf dem Anhänger. Als er weiterrollte, sah Sara die Wasserwerfer. Zwei Stück, die Doppelkanonen auf sie gerichtet, quer davor geparkt eine Reihe Mannschaftstransporter.

Sara blickte sich im Laufen blitzschnell um. Rechts standen Gebäude, da ging es nicht weiter, umdrehen ging auch nicht, dafür waren zu viele hinter ihr, und sie rannten zu schnell. Kurz vor den Wasserwerfern bog eine Brücke über den Kanal ab, aber da wären sie in Reichweite der Kanonen. Links lag das ausgetrocknete Bett des Landwehrkanals.

Die zuständige Bundesgeneraldirektion hatte entschieden, den Kanal nicht mehr zu fluten, als erst der Rhein und später auch die Spree wegen Niedrigwasser nicht mehr schiffbar zu sein drohten. Die Eingangs- und Ausgangsschleusen des Kanals waren geschlossen, sein Wasser in die Spree gepumpt worden. Die Berliner Stadtregierung hatte protestiert, war aber gegen die höhergestellte Generaldirektion machtlos gewesen. Zwei heiße Sommer, und der Kanalgrund war wie hart gebacken. Früher, sagten die Berliner, als die Winter noch kalt waren, habe man auf dem Kanal Schlittschuh laufen können. Heute könne man darin skaten.

Sara wusste: Wenn sie und die anderen eine Chance haben wollten, mussten sie da runter und auf der anderen Seite wieder hoch. Von früher kannte sie eine kleine Treppe, die ein Stück weiter in den Kanal runterführte. Sara lief rüber auf den Gehweg und musterte die Büsche, die am Ufer wuchsen. Nah bei der Polizeiblockade entdeckte sie die Lücke.

Sara wurde langsamer, die Pumpen der Wasserwerfer heulten auf. »Da runter«, brüllte sie und preschte in die Lücke. Vor ihr fiel die Treppe schmal und steil ab. Beim letzten Mal, als sie sie so bewusst wahrgenommen hatte, war sie noch ein Kind gewesen, und alles hatte riesig gewirkt.

Sie nahm mehrere Stufen auf einmal, landete auf dem Zwischenabsatz, an dem die Treppe eine Kehrtwende machte, rannte das letzte Stück runter und stand am Rand des Kanalbeckens. Früher hatten die Stufen bis zum Wasser geführt, jetzt fehlten noch gut anderthalb Meter bis zum Grund. Hinter Sara drängten die Nächsten heran.

Sara sprang, kam hart auf, stürzte nach vorn, fing sich mit den Händen ab, rappelte sich auf. Einer nach dem anderen machten sie den Sprung, versuchten, nicht auf jemandem zu landen. Sara drehte sich um. Auf der gegenüberliegenden Seite waren alle paar Meter große, schwere Eisenringe in die Kanalwand eingelassen. Per Räuberleiter kämen sie da ran, könnten sich an der Wand abstützen, dann die Oberkante packen, sich hochziehen.

Sie rannte auf die andere Seite, eine Sturmböe wirbelte gelbbraunen Staub vom Boden auf. Sara presste ihren Rücken gegen die Mauer, verschränkte ihre Finger, und schon war jemand da, kapierte, was zu tun war, setzte einen Fuß in Saras Hände, packte den Ring, stellte den anderen Fuß auf ihre Schulter, zog sich hoch und über den Rand. Sara half noch zwei Weiteren, wenn Zug auf ihren Oberarm kam, verzog sie das Gesicht vor Schmerz. Dann kletterte sie selbst nach oben.

Sie sah, wie die anderen sich auf mehrere Ringe aufgeteilt hatten, sah die Mannschaftswagen, die rangierten, um den Wasserwerfern Platz zu machen. »Los, kommt schon, Leute, kommt, kommt, kommt!«, brüllte sie und streckte ihre Hand nach unten, um der nächsten Person hochzuhelfen, guckte ihr ins Gesicht und erkannte ihn. Robert.

Er nickte ihr zu, atemlos, und kraxelte über den Rand. Sara war überrascht, ihn zu sehen, hatte keine Zeit, darüber nachzudenken, half noch jemandem.

Die Wasserwerfer erreichten die Mitte der Brücke, stoppten am Geländer. Zischend schoss das Wasser heraus. Einige kletterten zu nah an der Brücke, wurden getroffen. Eine junge Frau mit pinkem Haar, die sich hochzuziehen versuchte, verlor den Halt und stürzte zurück in den Kanal, schlug hart auf. Die anderen rannten davon.

Die meisten hatten Glück, wurden nur nass, andere von der Härte des Strahls umgeworfen.

Viele hatten es mittlerweile nach oben geschafft, aber eine Gruppe Polizisten kam angerannt und würde sie gleich einkesseln. »Ihr da!«, brüllte Sara. »Blockiert die Brücke, hakt euch unter!«

Die Einsatzkräfte in den Wasserwerfern sahen sie kommen, zielten den Laufenden auf die Beine, nieteten sie um, nur einige wenige gelangten bis auf die Brücke, kaum genug, um eine richtige Reihe aufzustellen.

»Los, weiter!«, brüllte Sara.

27

Papa holte eine kleine Zigarrenkiste vom Keller hoch, aus einfachem Holz gearbeitet, ihr Alter gab ihr etwas Ehrwürdiges. Darin lag ein Stapel Fotos, klein und schwarzweiß, chronologisch sortiert:

Mein Opa, der auf einer aufgebockten Fliegerbombe reitet, einen Arm in die Luft geschwungen, dabei breit in die Kamera grinst.

Mein Opa, schlaksig, an einen Lastwagen gelehnt, daneben ein Berg Kartoffeln.

Opa, der aussieht, als würde er etwas in seinen Händen verstecken, einige andere, die daneben stehen und lachen.

Opa in einem Birkenwald, das Schiffchen der Uniform gerade auf dem Kopf.

Opa mit dem Stahlhelm unter dem Arm vor einem stuckverzierten Haus.

Opa in einer Sandsackstellung mit Maschinengewehr.

Opa mit Kameraden aufgestellt zum Gruppenfoto, die Rechte zur Faust geballt.

28

Das war Saras Kiez, sie war in der Gegend aufgewachsen. Ein Hubschrauber kreiste jetzt darüber. Hinter dem Magdeburger Platz bog sie ab und rannte auf eine Toreinfahrt zu.

Als Kind hatte sie in dem Wendehammer oft gespielt, mit dem alten, efeuumrankten Baum und der antiken Skulptur daneben war er ihr vorgekommen wie ein magischer Ort auf den Ländereien von Hogwarts. Damals war es für sie ein geschützter Ort abseits des Straßenverkehrs gewesen, jetzt war es ein Risiko.

Am Ende der Sackgasse stand das Gebäude eines Berufsbildungsinstituts. Die Türen waren früher meist unverschlossen gewesen, Sara und ihre Kindheitsfreunde hatten sich manchmal reingeschlichen. Hinter einem kurzen Flur lag eine Lobby mit Rezeption, von der aus man auf der anderen Seite aus dem Gebäude gelangte.

Folgte ihnen die Polizeikolonne in die Sackgasse und verkeilte sich darin, während sie durch das Gebäude entkamen, hatten sie einen großen Vorsprung raus. War eine der Türen abgeschlossen, saßen sie in der Falle.

Sara rannte in die Toreinfahrt, durchquerte den Wendehammer. Mit zwei Sprüngen nahm sie die Stufen der Außentreppe des Gebäudes und zog an der Tür. Offen. Sie riss sie ganz auf, übergab sie der nächsten Person, stürzte in den marmorgefliesten Flur, spürte die Kühle des Steins, warf sich gegen die nächste Tür, prallte ab. Zu. Panik stieg in Sara auf. Dann sah sie das Schild. *Ziehen* stand an der Tür. Das war neu. Sie zog. Die Tür ging auf. Mit einem Satz war Sara draußen auf der Straße. Der übliche Verkehrswahnsinn. Aber keine Polizei.

29

Ich packte Schwimmsachen und eine Flasche Prosecco in meinen Rucksack. Bevor ich runterging, guckte ich kurz aus dem Fenster auf den Hermannplatz, sah einen Mann neben einem Marktstand auf dem Boden liegen, vielleicht Mitte fünfzig.

Zwei Verkäufer knieten dabei, hielten seine Beine hoch. Wahrscheinlich ein Hitzschlag. Zwei Sanitäterinnen sprangen aus einer Ambulanz und rannten hin. Eine Menschentraube bildete sich.

Ich ging raus, die vom Asphalt aufsteigende Hitze schlug mir entgegen. Ich blieb auf dem Bürgersteig stehen, schaute über die Straße zum Markt. Die Sanitäterinnen hatten dem Mann eine Atemmaske angelegt, schnürten ihn gerade auf eine Trage. Ein vorbeifahrender Bus nahm mir die Sicht, dann sah ich den Mann wieder, sein Gesicht grau, der Mund unter der Atemmaske ein schwarzer Schlitz.

Ich nahm mein Fahrrad, fuhr zum Ostkreuz, traf am Gleis Sara und die anderen, wir wollten raus nach Brandenburg an einen toten Arm der Oder, halb Fluss, halb See.

Im Zug saßen wir in einem Viererabteil.

»Eben ist ein Mann bei mir vor der Tür zusammengebrochen«, sagte ich.

»Oh, Shit«, sagte Sara. »Und?«

»Keine Ahnung, sie haben ihn weggebracht.«

»Wie geht's dir?«, fragte jemand anders.

»Ja. Keine Ahnung«, sagte ich. »Irgendwie fast Alltag, oder?«

Wir radelten über Feldwege und kamen ans Ufer. Im Schatten einiger Erlen holte Sara eine Decke raus, breitete sie aus; ich zog mein Shirt aus und setzte mich im Schneidersitz zu ihr, holte den Prosecco raus, machte ihn auf, gab die Flasche Sara, und sie sagte: »Mmh, Bubbles«, nahm einen Schluck, gab mir die Flasche zurück, holte eine Wassermelone raus und schnitt sie auf.

Die anderen sprangen ins Wasser, wir bissen in die Melone, tranken, schwiegen. Sonnenstrahlen fielen in dicken gelben Bündeln durch das Blätterdach, spielten auf dem dunklen Fluss und unserer Haut, und Sara guckte irgendwann zu mir rüber, hauchte: »Hey, du da, willst du meine Erlenperle sein?«, und ließ ihren Mund gespielt lasziv offen. Ich lachte und sagte: »Hey, nein, aber willst du meine Erlenperle sein?«, und Sara nahm noch einen großen Schluck aus der Flasche, ich küsste sie, und sie versuchte, den Prosecco in meinen Mund zu spülen. Er lief mein Kinn runter, ich prustete los, und der Prosecco spritzte auf unsere Gesichter und Oberkörper und Hände, und Sara stellte die Flasche weg und beugte sich vor und schleckte den Secco von mir ab, und ich schleckte den Secco von ihr ab, und als wir fertig waren, lehnte ich mich an sie; mein Nacken war überstreckt, aber ich bewegte mich nicht, genoss es, sie so zu spüren, bis alles zu klebrig wurde und ich sagte: »Perle, komm, ab ins Wasser mit uns.«

Wir standen auf, gingen zu dem kleinen Steg, die Bretter fühlten sich unter meinen nackten Füßen rau an wie damals der Schwebebalken. Ich nahm Anlauf und sprang. Das Wasser war nicht tief, und ich spürte den weichen Flussboden zwischen meinen Zehen, matschig und modrig.

Als ich wieder hochkam, sah ich Sara ein Stück weiter, in ihren kurz rasierten Haaren saßen kleine Wassertropfen, die die Sonnenstrahlen fingen. Ein paar andere von uns versuchten, bewegungslos auf dem Wasser zu treiben, bis jemand anfing zu tunken und das große Geschrei losging.

Ich tauchte noch mal ab, schlang die Arme um meine angezogenen Beine, trieb wie ein Embryo unter der Wasseroberfläche, schwerelos in der Stille und Dunkelheit des bewegungslosen Flusses, spürte die Kühle auf meiner Haut, hörte meinen Herzschlag. Als die Luft in meinen Lungen zu brennen anfing, stieß ich mich vom Grund ab, tauchte prustend auf, strich mir das Wasser aus den Augen und bemerkte die Blasen, die um mich herum aufstiegen.

Sie blubberten nicht freundlich wie sonst, schienen langsamer, schleimiger, und ich guckte hin, und irgendwann schoss es mir durch den Kopf: Faulgase. Auf dem Grund des Flussarms verrotteten alte Blätter. Im Schlick entstand Methan, das Klimagas, das noch so viel schädlicher war als CO_2. Ich hatte mit meinen Füßen den Grund aufgewühlt, musste es freigesetzt haben, und es war mit mir zusammen hochgestiegen.

Ich ließ mich auf den Rücken gleiten, paddelte weg von den Blasen, drehte mich dann auf die Brust und kraulte das letzte Stück bis zum Ufer, kletterte hoch, setzte mich auf mein Handtuch, schlang die Arme um meine Beine, fror.

Ich hatte geglaubt, ich hätte diesen Klimahorror hinter mir. Als er mich zum ersten Mal gepackt hatte, hatte ich bei jedem Baum gedacht: »Auch der wird bald verdorren«, und jeder Moment hatte sich angefühlt, als steckte ich bis zu den Knien im Schlick, bei jedem Schritt das Gefühl: Ich bin Teil der Zerstörung des Planeten.

Jetzt überwältigte mich die Panik wieder, vielleicht auch, weil es mal wieder so übelst fucking real war und diese Scheißhitzewelle nicht aufzuhören schien.

Sara kam aus dem Wasser, griff sich ein Handtuch, setzte sich dicht neben mich, legte einen Arm um meine Schultern.

»Alles okay?«, fragte sie.

Ich nickte.

»Wirklich?«

»Nein. Ich will bei dir sein, mich mit dir irgendwo verkriechen, ich will, dass du mich hältst, will dich küssen, deine Haut riechen, wenn ich einschlafe und wenn ich aufwache. Ich will deine Gedanken kennen und vielleicht Kinder mit dir großziehen, auf jeden Fall immer bei dir sein, also nein, irgendwie ist nichts okay, denn diese Scheißwelt geht unter, und das lässt mich nicht los, verfolgt mich, und das ist einfach Dreck und unfair, und ich habe Angst.«

Das ist es, was ich vielleicht hätte sagen wollen. Aber ich sagte es nicht, blieb stumm. Welchen Raum gab es für mein Geflenne in dieser Welt in Flammen?

Sara nahm meine Hand und guckte mich von der Seite an. Ich war kalt vom Wasser. Erstarrt vor Unglück. Neben ihr einsam.

Ich wollte ihr das alles sagen und fürchtete, dass sie dann weggehen würde.

So saßen wir einen Moment. Und noch einen. Und dann noch einen. Und dann zog ich meine Bauchtasche heran, fand mein Handy, wischte darauf rum.

»Baby, ich will wissen, wie es dir geht«, sagte Sara. »Wirklich. Komm schon.«

Ich sagte nichts, und sie versteifte sich neben mir und sagte: »Du gehst mir damit mittlerweile so auf den Piss.«

»Sara«, sagte ich.

»Was denn?«

Ja, was denn? Ich verfiel wieder in Schweigen.

Sara ging rüber zu den anderen, setzte sich zu einer, die schon lange einen Crush auf sie hatte, kuschelte sich an ihren Arm und warf mir einen kalten Blick zu. Ich saß allein auf meinem Handtuch.

30

Ich zog die Tür hinter mir zu, schloss sie ab. Die DE-Cheftoilette, ein großer Raum, eine Wand aus Glas, durch die ich über die Stadt sehen konnte, zu meiner Linken ein ovales Waschbecken, eingelassen in eine schwarz glänzende Marmorplatte.

Ich stützte meine Hände darauf ab, guckte in den Spiegel, umringt von Lampen, die jeden Zentimeter meines Gesichts ausleuchteten, meine gerade Nase, den kurzen Pony, die angedeuteten Wangenknochen, von denen die Leute sagten, sie gäben meinem Gesicht etwas Klares.

Ich guckte mich an. Nichts war klar. Wassim, ich und die anderen im Gebäude würden verhaftet werden und in den Knast gehen, Sara wurde vermutlich gerade von der Polizei verprügelt. Wozu? Was erreichten wir mit der Sache? Hatten wir überhaupt noch irgendeine Chance?

Die Presse würde sich über uns hermachen, tat es wahrscheinlich schon, wir hatten ihr endlich den Vorwand geliefert, auf den sie gewartet hatte. Selbst jene Journalisten, die uns hochgeschrieben hatten, würden uns jetzt fallen lassen. So lief das mit Musikerinnen, Unternehmen, Politikern, so funktionierte gutes Drama: der Shootingstar, der nach seinem Aufstieg verbrennt. Ikarus, Ikarus. Das klickte gut. Und am Ende waren Klicks Cash. Und darauf kam es doch an.

Wir waren für die auch nichts anderes als der Mittelpunkt einer Story namens Klimakrise, und *boom*: Jetzt waren die vermeintlich Guten plötzlich die Bösen. Plot-Twist. Ihr Heuchler seid genauso fehlbar wie wir, würden sie uns entgegenwerfen und wieder ein paar Abos verkaufen, und wir hätten keine Möglichkeit, dagegen anzukommen, dafür lief die ganze Manipulation doch viel zu gut, dafür gaben die DE und andere einfach zu viele PR-Millionen aus. Ob sie von Anfang an gewusst hatten, dass es in einer Kultur, die immer noch mit Christentum vollgesogen war, so gut funktionieren würde, die Schuld auf die Einzelnen zu schieben? Jeder Mensch fehlbar, ein Sünder, und am Ende zeigten alle mit dem Finger aufeinander, während die CEOs in ihren Privatjets Champagner soffen. Unsere Bewegung riss sich den Arsch auf, und wir konnten ihnen nichts. Selbst die Gerichte konnten ihnen nichts. Gar nichts.

Wut ballte sich in meinem Bauch, ich krümmte mich zusammen, damit ich nicht platzte, sie schoss hoch in meine Brust, und ich schlug mit der Hand auf die Marmorplatte. »Fuck!«, schleuderte ich mir selbst entgegen. Es hallte wider von den gefliesten Wänden. Sofort schämte ich mich; es schnürte mir die Kehle zu.

Es gab genug Wut in dieser Welt. Die ganze Aggression hatte uns überhaupt erst an den Punkt gebracht, an dem wir waren. Aggression gegen andere Menschen. Aggression gegen die Umwelt. Aggression gegen uns selbst. Was half es, noch mehr kaputt zu machen, wo doch schon Krankheiten, Krieg, Hunger über den Planeten rollten? Was half es, mich mit meiner Ma zu streiten?

Ich senkte den Blick, wandte mich von mir ab, schloss die Augen, stützte mich auf meine Hände. Sie fühlten sich an, als wären sie festgeklebt. Müller würde in ihrem Büro bleiben, sie würde das einfach aussitzen.

Tränen stiegen mir in die Augen.

Ich wollte an Stränden sitzen, Sonnenuntergänge angucken. Von mir aus auch in einem Schlauchboot die Scheißspree runtertreiben. Ich wollte bei Sara sein, wie damals nach der Demo im Januar, als wir mit steifen Fingern stundenlang durch den Schneeregen gelatscht und danach in einer Boulder-Halle in die Sauna geschlüpft, ewig ausgestreckt geblieben waren auf dem duftenden Holz, uns im Ruheraum auf einer Liege aneinandergeschmiegt hatten, ein großes Handtuch über uns gebreitet in die Wärme eingesunken waren.

Ich hielt mich an der kalten Marmorplatte fest und versuchte, meine Tränen zu ignorieren, die sich darauf zu kleinen Pfützen sammelten.

Draußen rüttelte jemand an der Tür.

»Besetzt!«, rief ich und blickte auf.

Zusammenreißen.

So wie vor den Turnwettbewerben. Atmung kontrollieren.

Ich nahm eins der kleinen zusammengerollten Frotteehandtücher, die in einem Korb lagen, wischte mir die Augen ab, schnäuzte hinein, warf es in den bereitstehenden Eimer. Alle würden sehen, dass ich geheult hatte. Ich öffnete meine Bauchtasche, schaute hinein. Nichts zu schminken drin. Müller würde das knallhart ausnutzen. Ich drehte mich um, wischte mir mit der Hand die Nase ab.

Den Rücken gegen das Waschbecken gelehnt, zog ich mein Handy aus der Tasche, öffnete das Adressbuch und tippte auf Saras Namen. Ich hörte das Freizeichen. Ließ klingeln. Mailbox. »Hey, Sara hier. Schön, dass du anrufst. Schade, dass du mich nicht erreichst. Help yourself: Hinterlass mir eine Nachricht. Ich freu mich!«

Help yourself – ich wollte *ihre* Hilfe. Stich ins Herz. Wo war sie? Sie hatte Besseres zu tun. Oder sie hatten ihr das Handy schon abgenommen.

Ich öffnete einen Messenger und suchte nach Lisa, vielleicht konnte ich mich an sie halten.

Sie hatte eine Liste von Interviewanfragen geschickt, ordentlich vorsortiert nach Wichtigkeit des Mediums und Sympathie der Journalistin. Zuerst solle ich mit dem Fernsehen sprechen, am besten schon in zwanzig Minuten.

Ich konnte es nicht machen. Wollte nicht.

»Blablabla, die DE zerstört das Klima, blablabla, noch wenige Jahre bis Kipppunkte, blablabla, es ist unser Recht, dass blablabla.«

»Aber die Regierung hat doch in ihrem *KlimaJetzt!*-Paket weitreichende Maßnahmen angekündigt, was ist damit?«

»Wir begrüßen das, aber es ist nicht ausreichend, weil blablabla.«

»Und deshalb greifen Sie jetzt zu Gewalt…?«

»Nein, das müssen Sie differenzierter sehen, weil blablabla …«

Lisa war online, ich tippte auf ihre Nachricht und schrieb auf der kleinen Tastatur, die am Bildschirmrand erschien: »Ich kann gerade nicht.«

»Was ist los?«, schrieb sie zurück.

»Ich kann's gerade nicht machen. Sorry.«

Ich öffnete eine andere Nachricht.

Ein Verbündeter von einer NGO: »Vallie, ruf mal zurück.« Guter Typ. Klug, schon ewig dabei. Vor allem wegen seiner Verlässlichkeit mochte ich ihn.

Ich wusste nicht, was ich ihm schreiben sollte, außer: »Nein.«

Eine Großspenderin der Klimabewegung: »Kannst du mir erklären, was da gerade los ist?«

»Nein.«

Ein Minister: »Vallie, ruf mal zurück.«

»Nein.«

Dann noch Dutzende Fragen von allen möglichen Leuten aus allen möglichen Bereichen.

»Nein.«

»Nein.«

»Nein.«

»Nein.«

»Nein.«

Es ging ganz schnell.

Dann schickte ich irgendwann nur noch Daumen-runter-Emojis. Klein und gelb und unfreundlich und ciao. Und dann ging ich zur Tür, tauchte wieder auf. Tränenspuren im Gesicht.

31

Wir lagen auf der Couch, Wassim hatte eine Serie angemacht. Eine Gruppe Männer und Frauen war in der Zombie-Apokalypse aufgewacht und metzelte sich jetzt durch Malls, Bürogebäude, verstopfte Innenstädte.

Wassim meinte, er könne seit zwei Wochen nicht aufhören, das zu gucken. Als einem Typen gerade ins Gesicht gebissen wurde, sagte Sara: »Keine Ahnung, was du daran findest.«

»Wusste ich erst auch nicht. Es ist, glaube ich, irgendwas in die Richtung, dass es mir hilft, mit meiner Apokalypseangst umzugehen, und dazu ist es eine treffende Beschreibung unserer Gesellschaft, klar, völlig überzeichnet und ins Hyperbolische gedreht, aber gleichzeitig auch ganz präzise.«

»Ach so«, sagte Sara und warf mir einen Blick zu, stand auf und ging raus. Die Gruppe Überlebender brach gerade in eine Pharmafabrik ein, in der Zombies mit riesigen Erektionen rumliefen, weil sie Viagra gefressen hatten, und Sara kam wieder rein, hinter ihr ihre Mutter mit einem Teller Spekulatius in der Hand.

Wir waren schon ein paar Mal auf ihrer Couch versackt, hatten eigentlich heute Abend nach der Bescherung noch in eine Bar gewollt, aber als Wassim und ich Sara abholen wollten, hatte ihre Mutter gesagt, wir sollten doch reinkommen, und dann waren wir nicht mehr losgekommen.

Es war die Art Abend, wie ich sie sonst selten verbrachte. Einfach berieseln lassen. Gemütlich war es auch, weil dem Ganzen nicht diese klebrigen Schuldgefühle anhafteten wie bei uns zu Hause während Weihnachten. Saras Mutter hatte ein wechselreicheres Leben geführt als meine Eltern und schien trotzdem weniger in Widersprüche verstrickt.

Sie war in Humahuaca geboren worden, hatte mit dreizehn gelernt, wie man Schafe schlachtet, ein paar Jahre später geheiratet, doch ihr Mann war jung in einer Mine gestorben. Sie zog allein in die nächstgrößere Stadt, um eine weiterführende Schule zu besuchen, kam mit einem staatlichen Stipendium nach Deutschland, wo sie mit einem anderen Austauschstudenten schlief und schwanger wurde. Der Mann, von dem sie nicht viel mehr wusste als seinen Namen, ging bald zurück in seine Heimat. Es machte ihr nichts aus, Sara allein großzuziehen. Gerne hätte sie noch mehr Kinder gehabt, war aber nicht einsam. In dem anonym wirkenden Wohnblock, in dem Sara aufgewachsen war und in dem ihre Mutter noch immer lebte, gab es viele Frauen, die in das kleine Wohnzimmer kamen, um zu sprechen.

Vor der Tür lag der Magdeburger Platz, der Park und der Spielplatz darauf oft gesperrt, weil die Bezirksverwaltung vor dem Drogenmissbrauch und der Prostitution, die da stattfanden, kapitulierte. Sara hatte beim Spielen in den

Gebüschen und unter den Parkbänken oft benutzte Kondome und Spritzen gefunden, und einmal eine bewusstlose Frau im Minirock, die Saras Mutter einige Tage bei ihnen im Wohnzimmer schlafen ließ, bis sie wieder allein klarkam.

An dem Abend auf der Couch guckte Saras Mutter eine Weile zu, wie Menschen Zombies mit Baseballschlägern töteten und Zombies Menschen die Gedärme aus dem Bauch rissen, nahm dann die Fernbedienung und schaltete um auf spanische Telenovelas, und wir blieben sitzen.

32

Lisas zweiter Kakao war mittlerweile kalt geworden, und es war klar, dass sie die mediale Auseinandersetzung haushoch verlor. Ein paar Unterstützerinnen hatten die Greenwashing-Story aufgegriffen, doch sie wurden überrannt von der Gegenseite. Sicherheitspolitiker, Polizeisprecherinnen und konservative Kommentatoren gruben die alten Kampfbegriffe aus:

»Diese Klimaaktivisten sprechen von einer möglichen Heißzeit in der Zukunft, stattdessen wollen sie jetzt einen zweiten Deutschen Herbst.«

»Rechtsstaat, Demokratie, Sicherheit – es ist Zeit, dass der Staat wieder durchgreift und uns schützt.«

»Nennt das Kind endlich beim Namen: Was die da machen, ist Klimaterrorismus.«

Lisa schrieb nicht dagegen an. Sie wusste, dass sie diesen Kampf nicht gewinnen konnte. Jeder Legitimationsversuch von Saras Aktion würde das Gewalt-Framing stärken, spielte ihren Gegnerinnen nur in die Hände. Aber gewinnen wollte sie, die Gegenseite plattmachen, am liebsten die ganzen Verantwortlichen der Klimakrise im Knast sehen. Sie war es ihrem Neffen schuldig.

Dafür würde sie einen neuen Schauplatz aufmachen, das, worum es eigentlich ging, wieder in den Vordergrund rücken müssen: die Krise und wie sie jeden betraf.

Wenn mitten im Sommer plötzlich tennisballgroße Hagelkörner vom Himmel stürzten und tote Vögel mit eingeschlagenen Schädeln auf dem Gehsteig lagen, wussten die meisten Menschen mittlerweile, dass das mit dem Klima zusammenhing. Das früher namenlose Unwohlsein der Bevölkerung angesichts der Veränderungen in der Umwelt war einem konkreten Verständnis der Bedrohung gewichen, denn viele hatten sie persönlich erfahren. Nur war das noch niemals wirklich sichtbar gemacht worden. Das würde Lisa ändern; sie würde die Gegenseite in die Enge treiben.

Normalerweise hätte Lisa eine solche Kampagne lange vorbereitet.

Für die ersten zehn Posts die richtigen Storys gecastet.

Den Roll-out terminiert.

Doch dafür war keine Zeit. Sie musste darauf vertrauen, dass es auch so klappen würde. Und den ersten Post selbst schreiben.

Ihr Account hatte ein paar Tausend Follower, weil die Menschen wussten, wer sie war, aber sie selbst teilte fast nie etwas, hielt sich im Hintergrund. Das heute würde einer ihrer ersten Tweets werden.

»Nie werde ich vergessen, wie mein Neffe auf meinem Schoß saß, sich Nutella ins Gesicht schmierte und mich dabei angrinste. Heute liegt er begraben auf einem Friedhof, umgekommen, als eine Flutwelle ihn mitriss. #unsereKrise«

Lisa zögerte, schickte den Post nicht ab. Instrumentalisierte sie damit das Leid ihrer Familie?

Konnte sie das machen?

War das richtig?

Ihr Magen zog sich zusammen.

Sie las den Post zigmal, wollte jemanden anrufen, um sich rückzuversichern, ließ es sein. Die Zeit drängte zu sehr. Sie tippte auf *Twittern*, kopierte den Link zu dem Tweet und schickte ihn in einige Messenger-Gruppen, in denen sie mit anderen aus der Bewegung Pressearbeit, Aktionen und Strategien koordinierte. Einige hatten noch nicht von ihrem Verlust gewusst, schickten tröstende Worte. Dann verbreiteten sie den Post und schrieben eigene:

»Ich fuhr nachts im Reisebus auf einer unbeleuchteten Autobahn in Frankreich. Plötzlich stürzte Regen vom Himmel, wir bekamen Aquaplaning, der Bus krachte in die Leitplanke. Der Fahrer wurde schwer verletzt. #unsereKrise«

»Mein Vater hat zu meiner Geburt eine Kirsche für mich gepflanzt. Letztes Jahr ist der Baum gestorben. Unter der Rinde wimmelte es von Borkenkäfern. #unsereKrise«

»Wegen Extremwetter ist bei uns im Ort dreimal hintereinander der Karnevalszug ausgefallen. Viele sind dann ausgestiegen. Der Verein war immer mein Leben. Jetzt wird er sich wahrscheinlich auflösen. #unsereKrise«

Einige der Geschichten kannte Lisa, wusste, wer die Betroffenen waren. Doch dann tauchten auch andere auf. Es war wie ein Fass, aus dem man einen Stöpsel gezogen hatte. Schnell trendete das Hashtag quer durch alle Plattformen. Schon nach einer halben Stunde schaffte Lisa es nicht mehr, jeden Post zu lesen.

»Ich habe eine Pollenallergie. Früher war das schon Abfuck. Heute ist es wegen der längeren Blühperiode schlichtweg der Horror. #unsereKrise«

»Nach seinem Tod haben wir meinen Vater unter einem Baum in einem Friedwald beerdigt. Vergangenes Jahr ist der Wald abgebrannt. Wir haben jetzt keinen Ort mehr, um uns an Papa zu erinnern. #unsereKrise«

»Ich lebe in einem kleinen Dorf in den Alpen. Weil die Gletscher schmelzen, kommt es immer wieder zu Geröllawinen. Eine hat meine Nachbarin erschlagen.
#unsereKrise«

Dazu endlos viele Erfahrungen mit Hitze. Ein Mann, der gefangen war in einem ICE, der mit defekter Klimaanlage auf offener Strecke stundenlang stehen bleiben musste. Eine Zerspanungstechnikerin, die in einer Leichtbauhalle arbeitete, die so heiß wurde, dass ein Kollege ohnmächtig wurde. Eine Bestatterin, deren Kühlkammer während einer Hitzewelle nicht mehr alle Leichen fassen konnte, die sich in ihrer Verzweiflung an die Kommune wandte und gesagt bekam: Vielleicht hat der örtliche Supermarkt noch Platz im Kühlhaus.

Die Nachrichtenredaktionen reagierten auf das Phänomen, zitierten aus den Posts, kontaktierten Betroffene, ließen sie zu Wort kommen. Einige Kommentatoren versuchten weiter, die Gewaltdebatte zu pushen, doch ihnen gegenüber standen jetzt all diejenigen, die schon unter der Krise litten. Und das waren viele.

33

Merkst du das auch?«

»Was?«

»Ich glaube, das Gebäude schwankt.«

»Ja, krass, jetzt spür ich's auch.«

»Das muss der Sturm sein, der da draußen stärker wird.«

34

Sara und die anderen rannten kurz vor dem Berliner Zoo an noch einer Parteizentrale vorbei. Im Laufen schleuderte jemand Steine, Fenster gingen zu Bruch. Irgendwer hatte auf dem Weg eine Metallstange aufgelesen und zerschlug die Scheiben eines geparkten Autos. Entsetzte Blicke von Passantinnen. Sirenengeheul. Mittelfinger für die Überwachungskameras.

Sie machten zwar gut Strecke, doch Sara fürchtete, dass die Polizei sie gleich wieder eingeholt hätte.

35

Robert rasierte sich seine langen blonden Haare ab. Das bekamen wir durch seine Social-Media-Profile noch mit. Einiges erzählte er später Sara; den ganzen Rest erfuhren wir aus Polizeiberichten und dem Gutachten der Gerichtspsychologin.

Ursprünglich hatte er nur eine Auszeit machen wollen. Er war seit Jahren aktiv, hatte sich an Demos, Die-Ins und Blockaden beteiligt. Aber er hatte das Gefühl, dass nicht genug passierte; er wollte nachdenken und eine mehrmonatige Fahrradtour durch den Balkan machen. Deshalb die kurzen Haare, weil sie leichter zu pflegen waren.

Vor seiner Abreise besuchte er seine Mutter in ihrer Frankfurter Wohnung. Zufällig war auch sein Vater zu Hause, der seinen Entschluss jedoch nur mit den Worten kommentierte: »Na, immerhin hast du jetzt eine gescheite Frisur.«

Mit Zug und Bus fuhr Robert nach Belgrad, nahm sich dort in einem Hostel ein Zimmer und erkundete ein bisschen die Viertel. Einen Nachmittag lang schlenderte er durch die Festung der Stadt, genoss den festen Stein der

Mauern unter seinen Händen, die weiten Blicke über die darunterliegende Stadt. Er stellte sich vor, wie das damals wohl gewesen sein musste, wenn feindliche Heere da unten ihre Standarten hissten.

Als er kurz vor der Abenddämmerung eine schmale Treppe an der Außenseite der Burg runterstieg, kam er mit einem Typen ins Gespräch, der an seinem Stand alte Bestände der Jugoslawischen Volksarmee verkaufte. Rucksäcke, poröse Gasmasken mit runden Augengläsern, Schirmmützen.

Die beiden unterhielten sich erst über die Festung, später dann über den Jugoslawienkrieg; darüber, wie die USA einen Fernsehsender bombardiert und dabei mehrere Zivilisten getötet hatte, wie Kraftwerke, Hotels und Chemiewerke getroffen wurden. Roberts Vater hatte ihm schon mal von all dem erzählt, davon, dass ausgerechnet die Grünen mit in der Regierung waren, als Deutschland sein »Nie wieder Krieg!« brach und sich an den Militärschlägen der NATO beteiligte, und dass den Grünen Doppelmoral ja offensichtlich in die DNA eingeschrieben sei.

Als es dunkel wurde, stellten sich Robert und seine neue Bekanntschaft in eine nahe gelegene Bar, tranken ein paar Bier und Rakija, und mehr aus Witz fragte Robert irgendwann, ob der andere nicht auch Waffen besorgen könne. Der bejahte und meinte, er würde am Tag darauf bei Robert im Hostel vorbeikommen.

Robert wachte am nächsten Morgen verkatert auf, und als sein Handy klingelte und der Typ sagte, er würde jetzt gleich vorbeikommen, merkte Robert, dass er das eigentlich nicht wollte. Das mit der Waffe war nicht ernst gemeint gewesen, der andere bestand trotzdem darauf vorbeizukommen.

Im Zimmer schlug er die Waffe aus einem Handtuch, eine Zoraki 2918 9 mm mit weggefeiltem Stempel. Sie sah so gar nicht nach alten jugoslawischen Beständen aus, aber der andere drängte sie Robert in die Hand. Sie war nicht geladen, aber eine Kiste mit fünfzig Patronen lag auch dabei.

Nur siebenhundert Euro würde sie kosten, sagte der andere. Ersparnisse hatte Robert, auch für die Reise, das war nicht das Problem, aber er merkte, dass er das eigentlich nicht wollte. Als er das aussprach, wurde der andere aufbrausend: was er für ein Mann sei, Robert verschwende seine Zeit.

In diesem Moment fühlte Robert sich bei seiner Ehre gepackt, und zusammen mit dem Typen ging er zum nächsten Geldautomaten. Robert wollte noch den Preis runterhandeln, gab dem anderen dann aber doch die vollen siebenhundert Euro.

Die Waffe blieb im Zimmer, Robert traute sich erst mal nicht zurückzugehen, lief eine große Runde durch die Stadt. Als er abends zurückkam, zog er die Vorhänge zu, setzte sich aufs Bett und holte die Waffe raus. Sie erschien ihm auf einmal sehr leicht, und als er die Munition aus der Verpackung holte, sah er, dass die Spitzen der Patronen aus grünem Plastik waren. Er war verarscht worden, es handelte sich um eine Schreckschusspistole.

Robert stürmte aus dem Hostel, die Pistole im Rucksack, zurück zu der Bar, in der sie am Vorabend gewesen waren. Der Mann stand am Tresen. Robert ging hin, stellte sich vor ihn und konfrontierte ihn, doch der Mann tat so, als würde er Robert nicht kennen. Als Robert nicht abließ, schubste der andere ihn so heftig, dass er gegen einen Tisch prallte, und sagte zu ihm, dass er sich besser verpissen solle. Robert blickte sich um, merkte, dass die Gäste in der Bar ihn nur feindselig anschauten, er körperlich unterlegen war, und trat den Rückzug an.

Gedemütigt packte er nach der Rückkehr ins Hostel seine Sachen, setzte sich auf sein Fahrrad und fuhr die halbe Nacht hindurch, schlief irgendwann hinter einer Bushaltestelle am Straßenrand. Die nächsten Tage fuhr er ziellos Richtung Süden, campte an verschiedenen Orten wild, saß abends lange am Feuer, und egal, wie sehr er sich tagsüber auf dem Fahrrad auspowerte, die Sache in Belgrad rumorte in ihm. Siebenhundert Euro. Er hatte sein Erspartes, er hätte auf das Geld scheißen können, aber darum ging es nicht.

Eines Abends holte er die Waffe aus dem Rucksack, wog sie in der Hand, betrachtete die Reflexionen der Flammen auf dem Lauf, lud sie, legte an, zielte auf die Tür eines unweit stehenden Schuppens und drückte ab. Ein lauter Knall, aber kein Rückstoß – wie Sex ohne Abspritzen, ging es ihm durch den Kopf, und am nächsten Morgen nach dem Aufwachen dachte er: Ich werde mir eine echte Waffe besorgen.

Eine Schulfreundin, deren Eltern während des Jugoslawienkriegs geflohen waren, hatte ihm einmal erzählt, dass fast alle ihre Verwandten daheim im Garten noch eine Kiste mit Waffen vergraben hätten. So schwer, dachte Robert, konnte das doch nicht sein. Er würde weiter Richtung Süden fahren, doch, statt zu zelten, couchsurfen und in Gästezimmern schlafen, um einfacher mit Menschen in Kontakt zu kommen.

Er buchte immer nur für eine Nacht, aber wenn er das Gefühl hatte, mit den Gastgeberinnen zu klicken, verlängerte er, und wenn sich die Gelegenheit bot, fragte er vorsichtig, ob sie nicht wüssten, wo er eine Pistole kaufen könne, sein Vater sei Jäger, und er wolle ihm ein besonderes Geschenk mitbringen. Er bekam reihenweise Absagen, und vermutlich wurde er irgendwann drängender.

Als er aus dem kleinen Ort Dulene erfolglos weiterfuhr, schnitt ihm auf einer Bergstraße plötzlich ein Polizeiwagen den Weg ab. Zwei Polizisten stiegen aus, richteten ihre Pistolen auf ihn und fragten, ob er der Deutsche sei, der nach Waffen frage. Sie befahlen ihm, von seinem Fahrrad abzusteigen, sich auf die Fahrbahn zu knien, die Hände hinter dem Kopf zu verschränken. Während der eine seine Pistole auf Robert gerichtet hielt, durchsuchte der andere seine Fahrradtaschen und fand die Zoraki, gab Robert einen Tritt in den Rücken, sodass er hart auf den Asphalt aufschlug, und legte ihm Handschellen an.

Im Gefängnis musste er sich entkleiden und wurde durchsucht, wobei andere Polizisten zusahen. Seine Sachen wurden auf einem großen Tisch ausgebreitet, Gürtel und Schnürsenkel wurden ihm weggenommen. Robert schämte sich, nackt in dem Raum zu stehen, während seine schmutzige Kleidung durchwühlt wurde.

Im Anschluss führten ihn zwei glatzköpfige Wächter einen langen Flur entlang, entriegelten eine orange Zellentür und stießen ihn hinein. Die drei Insassen begrüßten

Robert freundlich, teilten ihr Essen mit ihm, erzählten, dass sie wegen Drogen- und Menschenschmuggels eingesperrt seien. »Narco-Business«, wie einer von ihnen sagte. Auf dem Spind stand ein kleiner Fernseher, in dem eine Soap lief. Als ein Pärchen intim wurde, legte sich eine ungute Stille über die Zelle.

In der Nacht kletterten zwei der Männer auf Roberts Hochbett, überwältigten ihn im Schlaf. Während einer ihn festhielt, riss der andere ihm die Boxershorts runter und penetrierte ihn gewaltsam anal. Dann tauschten die Angreifer die Positionen und vergewaltigten Robert erneut. Trotz seiner lauten Schreie kam das Wachpersonal nicht.

Nach achtundvierzig Stunden in Untersuchungshaft wurde Robert entlassen. Der Besitz der Schreckschusspistole war nicht illegal, genauso wenig wie der Versuch, eine richtige Waffe zu kaufen. Er erhielt seine Kleidung und Taschen zurück. Das Fahrrad war bei der Verhaftung auf der Landstraße zurückgeblieben, und Robert glaubte nicht, dass es noch da war – es war ihm in diesem Moment auch egal.

Er schaltete sein Handy wieder ein, fand in seinem Postfach eine E-Mail von einem alten Bekannten aus seiner Antifa-Zeit: »Hey, du bist doch gerade da unten, vielleicht interessiert dich das ja.« Dazu eine Reportage über Neonazi-Gruppen, die entlang der serbisch-mazedonischen Grenze Jagd auf Menschen machten, die versuchten, Europa zu erreichen.

Robert war vor seiner Zeit in der Klimabewegung lange gegen Neonazis im Ruhrgebiet aktiv gewesen. Daher kannte er die rechtsradikale Szene dort gut, kannte die Kader, die Gruppierungen, die Szenetreffs ausreichend, um sich eine gefälschte Identität stricken zu können. Er fuhr mit dem Bus zur Grenze, suchte dort eine Bar auf, die in der Reportage auftauchte, und ging hinein als Robert, Mitglied des Nationalen Widerstands.

Es dauerte ein bisschen, bis er die richtigen Leute traf, doch dann ging es ganz schnell, und sie luden ihn ein mitzukommen, um »auf die Jagd zu gehen«, wie es hieß. Robert zögerte, sagte die ersten beiden Male ab, begriff, dass Mitkommen der einzige Weg wäre, um Vertrauen aufzubauen, hoffte, dass er sich an nichts beteiligen müsste, was er nicht wollte.

Die Gruppe traf sich wieder in der Bar, sie soffen einige Stunden, einige zogen Crystal. Dann stiegen sie in mehrere Jeeps und Pick-ups, vermummten sich mit Sturmmasken mit Totenkopfaufdruck, fuhren zur Grenze und parkten versteckt in einem Waldstück, von dem aus sie freien Blick über ein Feld hatten. Robert saß verängstigt auf dem Rücksitz, während einer der Neonazis mit einem Nachtsichtgerät Ausschau hielt. Als dieser einige Männer entdeckte, die über das Feld rannten, preschten die Autos los.

Die Flüchtenden hatten keine Chance wegzukommen. Es waren fünf. Robert und die Neonazis umringten sie, die Autos mit eingeschalteten Scheinwerfern im Kreis geparkt. Die Männer kauerten da, Robert konnte sie riechen, ungewaschen, Angstschweiß. Einer der Neonazis legte einem von ihnen von hinten eine Kette um den Hals und riss ihn hoch. Ein anderer fing an, ihn mit den Fäusten zu traktieren. Anfangs versuchte der Geflüchtete noch, sich mit seinen Armen zu schützen. Als er nur noch schlaff in der Kette hing, ließ der Neonazi von ihm ab.

Drei weitere Männer wurden von der Gruppe auf dem Boden zusammengetreten. Dann kam einer der Neonazis zu Robert, ein Typ Mitte fünfzig mit Vollbart, der einen großen Siegelring am Finger trug und von den anderen nur als Pescnica angesprochen wurde. Er drückte Robert einen Besenstiel in die Hand und deutete mit einer Kopfbewegung in die Mitte des Kreises.

Robert wusste nicht, was er tun sollte, ging in die Mitte, stellte sich vor den letzten dort kauernden Mann, packte den Besenstiel mit beiden Händen, hörte die Rufe der umstehenden Männer, spürte das blendende Licht der Scheinwerfer in den Augen, die Anspannung seiner Muskeln. Einer filmte ihn mit einem Handy.

»What's up?«, rief einer aus der Runde. »Why are you waiting?«

»Bist du ein Feigling, oder was?«, brüllte ein anderer.

Robert packte den Besenstiel fester.

»Ey, schämt sich dein Vater nicht?«

Roberts Körper spannte sich an.

»Fuck, stehst du auf Schwänze, oder was, große, fette Schwänze?«

Klick. In Robert kippte etwas.

Er schlug mit dem Besenstiel auf den vor ihm kauernden Mann. Und dann noch mal. Und dann noch mal. Es war wie ein Rausch, sein Blick verfärbte sich rot. Erst als der Besenstiel bei einem weiteren Schlag auf den Rücken des Mannes zerbrach, hörte er auf, nahm das röhrende Lachen und das Brüllen der anderen Männer wahr.

Benommen war er, als sie ihn wegzerrten, in eines der Autos steckten und zurück in die Bar fuhren, wo sie den Rest der Nacht weitersoffen. Nicht viel später kam das Angebot, wegen dem Robert gekommen war: »Do you want to buy a gun?«

Mit dem Bus fuhr er zurück nach Deutschland, wurde an der Grenze nicht kontrolliert, und mithilfe eines YouTube-Videos brachte er sich in einem abgelegenen Brandenburger Wald das Schießen bei.

36

Wolfgang hatte seinen Lkw hinter der Neuen Nationalgalerie gestoppt, nachdem er aus dem Fenster links die Wasserwerfer und rechts die Demo gesehen hatte. An seinem Armaturenbrett hing ein Foto von seiner Enkelin, aufgenommen im Garten daheim in Thüringen. Er hatte ihre Geburt verpasst, weil er auf Tour gewesen war, und auch gerade war er gefühlt wieder ewig weg gewesen. Nordseekrabben, die in Marokko gepult und verpackt worden waren, in Spanien abholen und wieder den ganzen Weg nach Deutschland hochfahren, damit irgendwelche Futzis sie im KaDeWe in Cocktailsauce ertränken konnten.

Wie hatte es in Staatsbürgerkunde geheißen?

Kapitalismus ist die Ausbeutung des Menschen durch den Menschen.

Damals hatte er das für Propaganda gehalten.

Doch dann hatte er nach der Wende in der Logistik genau das erlebt: massenhaft unbezahlte Überstunden, kurzfristige Entlassungen, cholerische Chefinnen, Lohndumping. Und während er wochenlang sinnlos durch die Gegend karrte, rissen sich die Kids auf der Straße den

Arsch auf, damit seine Enkelin eine Zukunft haben würde. Zum Dank wurden sie von der Polizei gejagt.

In den Staunachrichten hörte Wolfgang, dass die Demo noch unterwegs sei. Er ließ seinen Schlepper wieder an, durchquerte den Tiergarten, versprach seiner Enkelin innerlich, dass er irgendwann mal mit ihr zum Giraffengehege gehen würde, erreichte den Kreisverkehr an der Siegessäule, fuhr Richtung Norden, machte einen großen Bogen durchs Hansaviertel, drehte um, als er die Demo nirgends entdecken konnte, kam zurück zum großen Stern, hörte im Radio, dass sich die Demo nach Westen bewege, nahm die Ausfahrt in diese Richtung, fuhr die Straße des 17. Juni entlang. Tag des Arbeiteraufstands in der DDR. Soll noch mal einer sagen, Deutschland könne so was nicht, dachte Wolfgang, ohne einen genauen Plan zu haben – er wollte es einfach drauf ankommen lassen, und wenn sein Boss ihm kündigte: Bald würde wahrscheinlich sowieso eine KI seinen Job übernehmen, und wenn er so ersetzbar war, gab es vermutlich noch Sinnvolleres, was er mit seinem Leben anfangen konnte.

Am Charlottenburger Tor entdeckte er die hinteren Reihen der Demo, die Autos vor ihm bogen links oder rechts ab, Wolfgang setzte sich hinter die Rennenden, bis sie den Ernst-Reuter-Platz erreichten. Er fuhr in den Kreisverkehr, guckte aus dem Seitenfenster und sah das Blaulicht der heranrasenden Polizeiwagen. Gleich wären sie an der Demo dran. Die rannte aus dem Kreisel Richtung Charlottenburger Schloss.

Wolfgang verlangsamte, zog nach rechts, preschte auf den breiten Vorplatz einiger Geschäfte, riss das Lenkrad wieder nach links, rumpelte über mehrere Beete zurück zur Straße, rammte dabei das Heck eines geparkten SUV, kam quer über alle Fahrbahnen zum Stehen, zog die Handbremse, hörte die Reifen der Polizeiwagen quietschen, riss den Zündschlüssel aus dem Schloss, kletterte über die Beifahrerseite aus der Kabine, schleuderte den Schlüssel in ein großes Gebüsch und rannte der Demo hinterher.

37

Sara ließ ihre Zungenspitze meinen Bauch entlangwandern, küsste die weiche Stelle schräg unter meinem Nabel, presste eine Hand gegen das Innere meines Schenkels, saugte vorsichtig an der Stelle, wo sonst der Bund meines Slips saß, schnurrte kurz, als ihre Wange meine Schamhaare streifte, suchte mit ihrer Zunge in kleinen Kreisen meine Klitoris, strich mit der Hand mein Bein entlang, fand mit einem ihrer Finger meine Vulvalippe und ließ ihn da liegen, während sie mich leckte, ich anfing zu stöhnen, die Arme ausstreckte, greifend. Die Kissen, zu weich, gaben keinen Halt, die Wand war zu weit weg, die Matratze schluckte mich, ich sank tief.

Ich tauchte auf, der Gedanke, mich verwöhnen zu lassen, zu ungewohnt, fing an, Sara zu streicheln, merkte, wie sie meine Hand abstreifte, während ihre Finger fester rieben, hörte ihr leises Keuchen, spürte das gespannte Zittern ihres Körpers zwischen meinen Oberschenkeln, spürte, wie ihre andere Hand mein Fußgelenk packte, bog den Nacken zurück, merkte, wie sich mein Rücken spannte, mein Oberkörper hochschnellte, als würde ich ertrinken, fühlte den fester kreisenden Druck von Saras Zunge, schloss die Augen und schrie so lang und laut und wild, dass es mir peinlich wurde, sank dann zuckend auf die Matratze zurück. Weißes Licht gleißend durch mich hindurchflutend.

Nach einigen Momenten legte Sara sich wie ein Päckchen auf meine Brust, links und rechts die angewinkelten Beine, ihr Kopf an meinem Hals, schlang ich meine Arme um sie, ohne zu wissen, wo mein Körper endete und ihrer anfing, unser Atem glich sich an, wurde eins.

Als meine Gedanken zurückkehrten, leuchtende Sätze der Dankbarkeit, sich schmerzhaft abwechselnd mit dringenden To-dos von der Liste in meinem Handy, gab ich Sara einen leichten Druck mit dem Arm, wollte sie von mir runterschieben, um mich zu revanchieren. Sie hielt sanft dagegen, flüsterte nur: »Geben ist Nehmen«, den Kopf weiter an meinen Hals gekuschelt.

#gin

Wassim, Sara und ich saßen bei der Tätowiererin und ließen uns die drei Buchstaben knapp unterhalb der Armbeuge stechen. Geben ist Nehmen.

Es war wie ein Eheschwur, aber nicht vorgesprochen von irgendeinem Typen in schwarzer Robe oder einer Standesbeamtin mit einer vorgefertigten Rede aus dem Internet, nein, es war unsere eigene Philosophie, die wir der Welt nicht entgegenschleuderten, aber entgegenhielten.

Kein Horten, kein Raffen, kein Rauben. Auch keine gerechte Verteilung, sondern hemmungslose Verschwendung aneinander, nicht, weil wir das zurückbekommen, was wir geben, sondern weil die Welt sich übervoll anfühlt, wenn das Glück der anderen das eigene Glück ist. Nicht du und ich und er und sie, sondern das, was zwischen uns ist als Ozean der Möglichkeiten, aus dem wir endlos schöpfen, wenn wir es nur wollen. Immer und immer und immer und immer und immer wieder. Piraterie wie ein Zungenkuss.

Nach Sara, Wassim und mir ließen auch andere sich die drei Buchstaben tätowieren. Wir fingen an, E-Mails damit zu signieren, irgendjemand begann, #gin erst in Berlin und dann auch in anderen Städten an Wände zu taggen, und bald schon löste es sich von uns, entwickelte ein Eigenleben.

Auf einer Party fragte eine Rapperin aus Südafrika Sara nach dem Tattoo. Daraufhin schrieb sie einen Text über #gin, verwebte die Bedeutung der drei Buchstaben mit den Gedanken des Ubuntu – ich bin, weil du bist –, und irgendwie entstand daraus für uns zum ersten Mal seit Jahren etwas Neues.

Tagebaue, Pipelines, zerstörerische Minen – wogegen wir waren, hatten wir gewusst, und den Feind zu kennen, war gut, schuf Klarheit. Doch das Dagegen fühlte sich oft an wie ein STI-Test oder eine Wurzelbehandlung – wir wussten, warum wir das alles machten, aber geil war es nicht.

#gin schien verkopft, aber jeder verstand es auf Anhieb, denn es kam aus dem Bauch; ein Konzept wie ein Riff, auf dem schimmernde Korallen wuchsen, Ideen für bunte Zukünfte, die in Nischen erprobt, gelebt, gefeiert wurden. Der Alltag war Ellenbogen, doch jeder #gin-Moment war ein Blick in eine andere Welt, fühlte sich an wie eine Generalprobe für das, was möglich war.

Kein Wirtschaftssystem, eine Lebensweise.

Nicht: Es geht mir gut, wenn es mir gut geht.

Sondern: Es geht mir gut, wenn es uns gut geht.

38

Eine Sturmböe riss einen roten Ballon von einer Markise los, er suchte sich seinen Weg in den grollenden Himmel. Sara blickte ihm nach, der Wind schob sie nach vorne, rauschte über ihren Schädel, kühlte ihren Schweiß. Sie spürte den Schmerz in ihrem Oberarm nicht mehr, schon seit zig Kilometern hielten sie dieses Tempo.

Robert schloss zu ihr auf. Mit ihren rasierten Köpfen sahen sie sich ähnlich.

»Wir laufen zur Pipeline, oder?«, fragte er.

Sara nickte, lächelte.

»Was machen wir, wenn wir da sind?«, fragte er.

Sara antwortete nicht, blickte zurück. Ein Typ im grünen T-Shirt boxte vor sich in die Luft. Saras Mund war trocken.

Sie ließ sich ein paar Meter zurückfallen, einige schlossen auf, überholten sie, nahmen sie in die Menge auf, weiter bahnten sie sich alle gemeinsam ihren Weg durch die Stadt, ohne den Rhythmus zu verändern.

Saras Mutter hatte einmal zu ihr gesagt, dass sie es nie bereut habe, nach Deutschland gekommen zu sein, aber eins habe sie nie begriffen, dieses Beharren der Leute darauf, immer alles allein schaffen zu müssen – Kinder ohne die Großeltern aufziehen, Karriere machen, endlose Runden joggen auf dem Tempelhofer Feld. Überhaupt, der Gedanke, allein zu sein, in einer lebendigen Welt.

Sara hatte ihre Mutter nicht verstanden, war im Gymnasium zur Einzelgängerin geworden. Doch jetzt schienen alle ohne Worte begriffen zu haben, was sie vorhatte, ein stilles Einverständnis quer durch die Demo, wie bei diesen gigantischen Fischschwärmen im Ozean, in denen sich alle im selben Moment bewegen. Flüssiges Silber im Wasser.

Ein BMW raste aus einer Seitenstraße heran, Sara zeigte ihm den Mittelfinger, sie sah eine Frau, die an einer Imbissbude in einen Hähnchenschenkel biss, an einer Bushaltestelle das Werbeplakat für Lingerie: ein Model, den Mund lasziv geöffnet, die Brüste unwahrscheinlich groß, die Taille unmöglich schmal.

Dann sah sie den Polizeihubschrauber.

Die drehenden Rotoren schwangen wie riesige Klingen, er war direkt vor ihnen auf der Brücke gelandet, über die sie drübermussten. Sara blickte sich suchend um, sah, dass unter der Brücke mehrere Gleise und eine Autobahn langliefen, begriff, dass geradeaus der einzige Weg war, merkte, dass die anderen um sie herum nicht langsamer wurden, dass sie selbst nicht langsamer wurde. Alle hielten weiter auf die Brücke zu, auf die schwingenden Rotoren.

Sie erreichten die ersten Autos, die vor dem Hubschrauber hatten stoppen müssen. Sara schlängelte sich zwischen ihnen hindurch, stieß gegen einen Außenspiegel, der Aufprall nahm ihr die Luft, sie lief weiter. Dutzende andere vor ihr, Hunderte hinter ihr. Hinter den verglasten Türen einer S-Bahn-Station standen Menschen, guckten raus. Der Luftdruck der Rotoren peitschte Sara ins Gesicht.

Sie erreichte das letzte freie Stück Straße vor dem Hubschrauber, packte den Schal, der ihr flatternd um den Hals schlug, sah, wie einige andere einen Bogen machten, um die Rotoren herumlaufen wollten, wie sie ankämpften gegen den Druck.

Sara zog den Kopf ein, rannte gerade auf den Hubschrauber zu, unter den sich drehenden Klingen durch, erreichte die verglaste Kanzel, passierte die Pilotentür, den Rotorkopf, und für einige Augenblicke war es windstill. Sie rannte weiter, duckte sich unter dem Heckrotor weg, der Wind der Rotoren und der Sturm griffen ihr in den Rücken, schoben sie in wenigen Schritten über den Rest der Brücke.

Sie musste sich nicht umdrehen, wusste, dass die anderen hinter ihr waren, und stieß einen lang gezogenen Schrei aus.

39

Die schwarz-weiße Rinde der zwei alten Birken war rissig von zu vielen trockenen Sommern. Sara passierte sie, dahinter führte ein Weg in die Kleingartenkolonie. Kleine Häuschen, weiß gestrichen, mit Holzbänken davor, daneben sauber eingefasste Beete, Kompostkisten, bemalte Keramikfiguren: Hunde, Katzen, Maulwürfe.

Sara ging den Weg entlang, sah keine Menschen, aber in zweihundert Metern Entfernung die Schneise der Baustelle. Quer durch die Gärten verlief sie, ein brauner Streifen aufgerissene Erde, breit genug, dass Bagger und Laster darauf rangieren konnten, in der Mitte der Graben für die Pipeline.

Ein Baustellenzaun schirmte die Schneise ab, Sara und die anderen kamen davor zum Stehen. Ein kleines Holzkreuz lehnte gegen den Zaun, darauf eingraviert die Lebensdaten der Kastanie, ein Überbleibsel der Mahnwache von damals. Jemand hob es auf und legte es zur Seite, mehrere andere stießen den Zaun um, und dann stiegen sie nach und nach darüber und verteilten sich auf der Baustelle.

Ein Bulldozer kam angefahren, stoppte. Der Fahrer

blickte durch die Windschutzscheibe auf die Besetzung. Sara und einige andere gingen hin, der Fahrer ließ das Seitenfenster herunter. »Was soll der Scheiß?«, rief er.

»Wir besetzen die Baustelle«, antwortete eine Frau neben Sara. Robert kam dazu, stellte sich vor den Stahlschild des Bulldozers, der ihm bis zum Kinn reichte.

»Wir tun das auch für deine Kinder«, sagte die Frau, und Sara fragte sich, ob das in ihrem Fall noch stimmte. Sie wollte einfach etwas kaputt machen, für sich selbst.

»Und ich mache meinen Job für meine Kinder, also macht euch aus dem Weg«, rief der Fahrer. »Verpisst euch.«

Sara blickte sich um, fand einen Stein, bückte sich und hob ihn auf.

40

Ich versteckte mich in der Teeküche, wollte den anderen im Konferenzraum nicht begegnen. Wenn jemand reinkam, guckte ich schnell auf mein Handy, las dabei, ohne es zu wollen, die Nachricht von Lisa: »Ich weiß, du hast gerade keinen Nerv dafür, aber da solltest du anrufen.« Dazu eine weitergeleitete Nachricht von Philip Timor.

»Ja, der Herr Innensenator ist gleich zu sprechen«, sagte eine weibliche Stimme, dann hörte ich eine Weile nichts, und dann, wie das Handy weitergereicht wurde.

»Hey, Vallie«, sagte Philip.

»Hey, Philip«, sagte ich.

»Wie geht's dir?«

»Ganz gut, und dir?«

»Ganz gut.«

Er und ich hatten uns auf einer Veranstaltung anlässlich des Ausbaustopps der Berliner Stadtautobahn A100 kennengelernt. Das war, bevor er Innensenator geworden war.

Er war damals gerade aus einer Auszeit zurückgekehrt, wegen eines Burn-outs hatte er sich für eine Weile aus der Politik verabschiedet, hatte das in einem Fernsehinterview auch so kommuniziert, dabei ein ausgewaschenes T-Shirt getragen.

Wir waren uns auf der vegetarischen Seite des Buffets begegnet, kamen ins Gespräch. Er hatte sich gefreut über das Aus der A100 – wirtschaftlicher Unfug, nicht zeitgemäß, der Stopp überfällig, angesichts der Klimakrise ein No-Brainer. Er war mir wie ein Versprechen auf eine neue Politik vorgekommen, und wir blieben in Kontakt. In Momenten, wo einer von uns beiden nicht weiterwusste, war es vorgekommen, dass wir uns gegenseitig angerufen hatten.

»Vallie, hör mal, was macht ihr da?«

»Wenn ich das wüsste«, sagte ich.

»Nicht deine Idee?«

»Bedingt.«

»Sara?«

Ich sagte nichts.

»Was machst du so?«, fragte ich.

»Ich versuche, mir die Oberbürgermeisterin, die Wirtschaftsverbände und die Opposition vom Hals zu halten, also sie euch vom Hals zu halten.«

»Nicht so erfolgreich?«

»Bedingt«, sagte er. »Dass deine Leute gerade die Pipelinebaustelle demolieren, macht's nicht leichter.«

Ich hatte eines der Videos gesehen.

Es verurteilt.

Genugtuung gespürt.

Dabei, bei Sara sein wollen.

»Wie kommen wir raus aus der Nummer?«, fragte ich.

»Na, ihr seht zu, dass ihr damit jetzt aufhört und euch

friedlich verhaften lasst, und ich seh zu, dass die Strafen nicht zu hoch werden.«

»Diese Pipeline ist null was anderes als die A100, das weißt du auch, oder?«

»Und sie zu demolieren ist null was anderes als Sachbeschädigung, das weißt du auch, oder?«

»Oh, Herr Innensenator, ich verstehe: Ihre Aufgabe ist es, das Gesetz zu verteidigen, aber wem werden Ihre Kinder in Zukunft dankbarer sein, was glauben Sie: Ihnen oder uns?«

»Lass den Quatsch, Vallie.«

»Ich meine es ernst. Es wäre die Aufgabe der Politik gewesen, die DE zu stoppen. Schon vor Jahrzehnten. Jetzt passiert es halt so.«

»Ich mag dich, weil du vernünftig bist, hör auf, so melodramatisch zu tun. Die DE stoppen, und dann – leben wir in Höhlen ohne Strom, oder was?«

»Besser als in der Wüste, die unser liebes Berlin bei vier Grad mehr bald sein wird. Wobei, vielleicht wünschst du deinen Enkeln ja einfach einen besonders großen Sandkasten?«

»Ich habe das Ohr der Oberbürgermeisterin und du auch, erzähl es der.«

Ich stellte mir vor, wie ich ein überlebensgroßes Ohr in den Händen hielt und stumm hineinbrüllte.

»Wenn ihr alle mit Haftstrafen in den Knast geht, hört euch danach keiner mehr zu«, sagte Philip.

Ich dachte darüber nach und hörte, wie seine Assistentin ihm etwas zuflüsterte. Er antwortete, er würde sofort zurückrufen.

»Vallie?«

»Was soll ich denn machen?«

»Deine Leute zurückbeordern.«

Was dachte der sich? Zum einen, wie wir organisiert waren, und zum anderen überhaupt. Ich sagte nichts.

»Okay, Vallie, wenn ihr zu Märtyrern werden wollt, haut rein, dann steht ihr allein da. Ich hab's in den Medien schon angekündigt, wir packen die verschärften Polizeiaufgabengesetze aus und vielleicht auch die Anti-Terrorgesetzgebung. Jeder weiß, dass wir beide uns kennen, dass ich euch in der Vergangenheit mit Samthandschuhen angefasst habe, aber ich lass mich von dir nicht mit runterreißen. Wenn du das hier eskalieren lässt, dann ziehe ich meine schützende Hand weg, dann eskaliert es halt von unserer Seite, und so was kann schnell hässlich werden: Gerichtsprozesse, Hausdurchsuchungen, Beschlagnahmung eurer Smartphones und Laptops, Kommunikationsüberwachung, Haftstrafen, Einzelzellen. Wenn die Exekutive sich warmläuft, dann wächst da pitschpatsch kein Gras mehr, und wer weiß, welche neuen Mitglieder eurer Bewegung dann auf einmal V-Leute sind und mit wem die Liebesbeziehungen eingehen, um euch auszuhorchen. Dann ist's die Zeit der Richterinnen, die *system change, not climate change* auch mal als verfassungsfeindlich auslegen. Dein kleines Leben, Vallie, ist dann kaputt. Das willst du nicht.«

Timors Stimme war eiskalt.

»Okay«, sagte er. »Wenn du nichts mehr zu sagen hast, dann sage ich dir: Wir holen euch von der Baustelle und aus dem DE-Tower mit der Bereitschaftspolizei. Bald.«

41

Wir waren eine Generation, die sich nie als solche verstand, die wenig verband, eine Generation, die den Satz

Wasch die Hände mit Evian und pisse Dom Pérignon

für ein legitimes Lebensziel hielt. Ich gegen dich, meine Ellenbogen in deinem Gesicht.

Diese Generation, wir, die politisches Handeln durch die Figur des Influencers kennengelernt hatten, also durch Personen, die nicht ihre »Community«, sondern die eigene Vermarktbarkeit im Sinn haben, wir begriffen irgendwann, dass die Sache mit dem Klima nichts Privates ist. Wir politisierten uns jung, jünger als frühere Generationen. Frühreif und schnell alternd.

Wir, die vor allem über vermeintlich soziale Netzwerke kommunizierten, die die anderen immer cooler, klüger, heißer scheinen ließen und uns selbst immer dümmer, unbeliebter, hässlicher, wir, die daran so kaputtgingen, dass wir uns in ungekannter Zahl selbst verletzten und umbrachten, wir schlossen uns zusammen. In Orts-, Regional- und Bundesgruppen. Zu Tausenden und Zehntausenden machten wir erste prägende, unvergessliche Erfahrungen.

Der erste Kuss.
Das erste Mal Schwänzen.
Die erste Zigarette.
Der erste Rausch.
Der erste politische Streit mit den eigenen Eltern.
Die erste Begegnung mit der Polizei.
Das erste Mal Neid und Eifersucht
Der erste öffentliche Applaus.
Der erste Erfolg.
Das erste Mal das Gefühl, sich gemeinsam zu einer Welle aufzutürmen, die größer ist als man selbst, zusammen größer zu sein als die Summe der Teile, das erste Mal mitgerissen werden und mitreißen.

Das
erste
Mal
Macht.

We are unstoppable, another world is possible.

Wir, wir organisierten irgendwann eine Demo, nicht die erste, aber die größte, und alle kamen. Alle Alter, alle Berufe, alle Gender, alle Nationalitäten und Einkommensklassen, und schon um elf Uhr morgens konnten wir vor dem Brandenburger Tor bis zum Horizont nichts anderes mehr sehen als Körper und Fahnen und Protestschilder.

Viele von uns weinten.

Vor Glück, vor Erschöpfung, vor Unglauben.

In manchen Städten war ein Fünftel aller Bewohnerinnen zusammengekommen, eine Riesenwelle, die über das ganze Land schwappte, auf der wir alle gemeinsam trieben, ritten, surften, um die Politik aufzufordern, endlich etwas zu tun für das Leben auf diesem Planeten.

Die Politiker trafen sich genau in diesen Stunden, um über den Klimaschutz zu beraten, und sie müssen die Bilder von uns gesehen, unseren Enthusiasmus gespürt, unsere Forderungen gehört haben, und sie verabschiedeten ein Gesetz, das zwar Klima im Namen trug, aber keinen Schutz bedeutete, kein Stück, kein bisschen. Ein paar Zugeständnisse, ein bisschen Kosmetik.

Aber
keine
einzige
ernsthafte
Maßnahme.

Wir, die Generation Klima, wir verstanden, was das hieß. Wir hatten alle Freiheit der Welt, wir konnten uns versammeln, uns organisieren, Dinge einfordern, aber unsere Freiheit endete da, wo die Freiheit der Wirtschaft anfing, und das hieß: wo es um die Profite der Konzerne ging und das Wachstum des Bruttoinlandsprodukts.

Und unsere Welle brach, kippte vornüber, stürzte auf

den felsigen Strand dieser Wirklichkeit, und wir, die wir diese Welle waren, schlugen hart auf.

Manche schafften es, ihren Sturz abzufangen, einige kamen mit blauen Flecken davon, anderen brach es das Rückgrat.

Sie geben einen Fick auf dich, Fäkalien für deine Zukunft

Sie versickerte zwischen den Steinen, die Welle.

Manche von uns zogen den Schluss, dass es wohl das Beste wäre, zurück zur Schule, an die Uni, auf Jobsuche zu gehen, um ein bisschen Geld zu verdienen und wenigstens das eigene Leben abzusichern. Andere machten noch eine Weile weiter, bevor sie desillusioniert und ausgebrannt aufgaben. Nur wenige blieben dabei, in Bewegung gehalten vom ewigen Pendeln zwischen Verzweiflung und Hoffnung.

42

Sara ging endlich dran.

»Hey.«

»Hey.«

»Wie geht's dir?«

»Wir haben die Baustelle besetzt.«

»Hab's gesehen.«

Ich stellte mir vor, wie Sara dastand auf der aufgerissenen Erde, verschwitzt und müde.

»Und dir?«, fragte sie.

»Ich hab Schiss.«

»Was ist los?«

»Hab mit Philip telefoniert.«

»Timor?«

»Ja. Ich glaube, wir verkacken es gerade.«

»Er droht mit Haftstrafen?«

»Das auch.«

Sara wartete, dass ich weiterredete.

»Er meint, wenn die mit uns fertig sind, hört uns keiner mehr zu, dann können wir unsere Verbindungen vergessen.«

»Ja und, was kümmert dich das?«

»Was mich das kümmert?«

»Ja«, sagte Sara. »Was kümmert dich das?«

»Dann ist alles weg, was wir uns aufgebaut haben.«

Bei Sara im Hintergrund hörte ich die Stimmen anderer Leute, glaubte sogar, Robert zu erkennen.

»Vallie.« Sie machte eine Pause. »Du bist sehr privilegiert groß geworden, hast deine Privilegien immer für die Bewegung eingesetzt und bist dadurch noch unendlich viel privilegierter geworden. Jeder kennt dich, du kennst jeden. Doch wenn du tun willst, was wirklich notwendig ist, musst du dich davon losmachen.«

»Wovon redest du?«, sagte ich und spürte meine Brust enger werden, schob dann hinterher: »Wie geht es dir, und wie ist es auf der Baustelle?« Sara schwieg, und da klaffte sie wieder, die sprachlose Distanz. Eine Schlucht, tief wie der Marianengraben.

Nach einer Weile sagte Sara: »Die Leute denken nicht erst, dass wir ihnen etwas wegnehmen wollen, seit wir in ein Mikrofon sprechen, das erleben Wassim und ich seit unserer Geburt. Dieses Land liebt uns nicht. Kartoffelland ist immer noch Weiß, Weiß, Weiß, und weißt du was? Deshalb haben wir irgendwann gelernt, uns selbst zu lieben. Und deswegen sind wir frei zu tun, was wir wollen. Du hast Angst um deine tollen Kontakte – das sind Täter, von denen du da sprichst, du nennst Menschen deine Freundinnen, die den Tod von Lisas Neffen in Kauf genommen haben, du …«

»Hey, easy.«

»Was, easy?«

»Ich sage, mach mal easy.«

»Nein.«

»Okay. Was willst du machen, alle hauen?«

»Nein. Aber guck dich doch mal um, die Klimabewegung ist die einzige, die immer freundlich ist, immer kontrolliert, immer berechenbar. Ich fände es ja auch schön, wenn wir uns alle den ganzen Tag lang an den Händen halten und Bäume umarmen könnten, aber …«

»… aber was?«

»Bei der Lithium-Mine, da hätten wir eskalieren müssen. Kein läppischer Protest. Irgendwas Drastischeres. Stattdessen haben wir dumm zugeguckt, und jetzt ist die Umwelt zerstört, ein Haufen Tiere tot, und meine Leute sind gefickt.«

»Ja, und es tut mir leid, und das weißt du auch, aber das passiert alles schon seit Jahrzehnten. Ich weiß nicht, aber wir können doch auch nicht die ganze Welt an einem Tag retten.«

»Vallie«, sagte Sara. Ich hörte ihren Atem. »Ich liebe dich, und du hast Angst, und das verstehe ich, aber deine Angst macht dich weg: Wo bist du? Ich seh dich nicht. Wo ist deine Wut?«

»Wut macht nur kaputt«, fuhr ich dazwischen.

»Nein. Wenn ich irgendwas verstanden habe, als wir da auf der kleinen Brücke über dem zerquetschten Auto von Lisas Schwester standen, dann das: Unser Leben ist ein schmerzhafter, schöner, irrer Tanz am Abgrund des Todes, und unsere Wut ist das Einzige, was uns oben hält. In diesem ganzen System der Zerstörung wütend zu sein, heißt vor allem, lebendig zu sein. Der erste Schrei eines

Babys, wenn es auf die Welt kommt, bedeutet: Ich bin jetzt fucking hier. Und du? Du traust dich keinen Pieps zu machen. Tief in dir drin glaubst du immer noch, dass du schuld bist an der ganzen Sache, dass es besser wäre für die Erde, dich gäbe es nicht. Und deswegen lebst du nur halb, kämpfst nur halb, hängst halb im Abgrund, wie so eine Scheintote.«

»Aber Gewalt führt nur zu mehr Gewalt«, sagte ich.

»Falsch. Scheiße. Wenn mich früher in der Schule jemand dumm angemacht hat und ich mich gewehrt habe, dann kam der kein zweites Mal. Ja, es gibt sie, die Wut, die aggressiv zuschlägt. Doch es gibt auch die Wut, die sagt: bis hier und nicht weiter, die Grenzen zieht, die dich und andere schützt. Wut, die das Leben verteidigt, nicht tötet. Und Menschen wie Müller, die verstehen nichts anderes als das.«

»Glaub mir: Wut ist wie ein wildes Tier, das dich verschlingt«, sagte ich.

»Das wäre dein kleinstes Problem«, sagte Sara. »Du verschlingst dich selbst aus Angst davor, zu dir selbst zu stehen. Du sagst, dass wir unsere ach so wichtigen Kontakte und Verbindungen zu Timor und den ganzen Idioten verlieren. Ich glaube, du weißt gar nicht, was das ist, eine richtige Verbindung. Wenn ich traurig bin, hältst du mich, wenn du fertig bist mit der Welt, dann schluckst du es runter. Ich spüre dich nicht, Vallie. Ich habe das Gefühl, du spielst oft nur eine Rolle, immer freundlich, immer gut drauf, immer happy go lucky. Wo ist dein Schmerz, wo sind deine Wunden, deine Traurigkeit? Ich will dich fühlen, Vallie. Ich will dich ganz. Manchmal habe ich das Gefühl, ich weiß gar nicht, wer du bist.«

Der Marianengraben ist elftausend Meter tief.

Tauchst du hinunter, lastet auf jedem Quadratzentimeter deines Körpers eine Tonne Wasser. Mein Herz unter diesem Druck.

»Vallie«, sagte Sara. »Ich weiß nicht, ob ich so noch mit dir zusammen sein kann.«

43

Sara, die auflegte. Ich, die das Telefon weiter ans Ohr drückte, nichts hörte, nur Rauschen. Die Wassermassen eines ganzen Ozeans zwischen mir und der Welt.

Wassim, der in die Kaffeeküche kam, etwas sagte.

Ich, die ihn nicht hörte.

Wassim rufend.

Ich, die sagte: »Was?«, auftauchend.

»Was ist los?«, sagte er.

»Kannst du mich in den Arm nehmen?«

Ich taumelte nach vorne, Wassim schaute mich einen Augenblick an, schloss die Arme um mich.

Ich zerbrach.

Die Tränen liefen haltlos. Ich konnte mich nicht erinnern, jemals vor Wassim geweint zu haben.

Konnte mich an nichts erinnern, fühlte nur den Druck in meiner Brust und die Tränen, die er nach außen drückte. Schluchzende Atemzüge, Rotze auf Wassims Schulter. Sekunden, Minuten, ein kleines Leben. Irgendwann fühlte ich mich leer wie die frühen Morgenstunden eines Märztages.

»Hey«, flüsterte Wassim in mein Ohr und dann: »Ich bin da.«

Ich legte meine Wange auf seine Schulter, wollte sie da lassen. Vielleicht für immer.

Wassim, der irgendwann merkte, dass ich mich beruhigt hatte, sagte: »Komm jetzt, es gibt noch was zu tun.«

44

Einige von unseren Leuten standen im Konferenzraum nahe der Tür. Wassim hatte mich hingeführt.

»Wir hauen ab«, sagte einer von ihnen, Mike, ein Typ mit blondem, fast weißem Haar, streichholzkurz.

Ich blieb im Türrahmen stehen, links Mike und die anderen, die wegwollten, rechts eine größere Gruppe, die abwartend auf Stühlen und Tischen saß. Geradeaus durchs Fenster konnte ich die Neue Nationalgalerie sehen, ihr Vorplatz wieder gefüllt mit Touristen, die sich gegen den Sturm lehnten.

»Diese Aktion ist Quatsch«, sagte Mike, guckte mich an.

»Ist das so?«, fragte ich.

»Ja. Das war alles nicht abgesprochen.«

»Nein, das war es nicht.«

Mike musterte mich. Er muss vor allem mein verheultes Gesicht gesehen haben. Ich aber hatte das Gefühl, ein tiefer Brunnen zu sein, an dessen Grund es rot pulsierte.

»Wenn ihr geht, müsst ihr entweder die Stühle aus dem Treppenschacht räumen oder den Aufzug nehmen.

In beiden Fällen macht ihr es den Bullen leichter, uns zu holen«, sagte ich. »Klingt für mich nicht nach Peak-Solidarität.«

»Und eure Entscheidung, einfach so ins Gebäude zu stürmen – war das solidarisch?

»Nein, das war impulsiv.«

»Und jetzt hängen wir hier fest.«

Fest. Klang und Bedeutung stimmten bei dem Wort irgendwie überein, und ich hatte das Gefühl, endlich mal irgendwo zu stehen.

»Ich lass euch nicht gehen.«

»Vallie, du spinnst doch.«

Ich guckte ihn an.

»Ja, von mir aus könnt ihr abhauen, aber dann ist das wieder eine Niederlage.«

»Das ist eh eine Niederlage. Die werden uns zusammenprügeln und ins Gefängnis stecken«, sagte Mike.

»Ja, Mike, das werden die. Aber das werden die so oder so. Was, denkst du, passiert, wenn die Klimakrise eskaliert, die Lebensgrundlagen kollabieren, das Essen knapp wird? Meinst du, die Milliardärsaristokratie entdeckt dann plötzlich ihre Barmherzigkeit? Nein, die machen das, was diese Sorte Mensch schon immer getan hat: Die ziehen einen Sicherheitsapparat auf, um sich abzusichern, und machen jeden fertig, dem das nicht passt.«

»Vallie, wenn die mich hier festnehmen, kriege ich einen Eintrag ins Führungszeugnis und kann meine Approbation als Arzt vergessen«, sagte Mike, guckte in die Runde. »Du ziehst alle hier mit runter.«

Ich sagte nichts. Mike auch nicht.

Dann sagte er: »Ich hab Schiss.«
»Das verstehe ich«, sagte ich.

45

Robert näherte sich Sara von hinten, fasste ihr an die Schulter, sagte, er wolle kurz mit ihr reden.

Sara stemmte sich gegen den Sturm, ging mit Robert zusammen ein Stück von den anderen weg, in Richtung der Polizei, die sich in einiger Entfernung sammelte. Schwarze Stiefel, schwarze Schlagstöcke, schwarze Schutzhelme. Verzerrte Gesichter hinter spiegelnden Visieren.

»Ich habe dein Gespräch mit Vallie mitgehört«, sagte Robert zu Sara. »Du hast recht, es ist an der Zeit, dass wir uns verteidigen, dass wir kämpfen«, sagte er, jedes Wort betonend, und Sara wusste anfangs nicht, ob er das tat, weil er aufgeregt war oder wegen des Sturms. Und dann brach alles aus ihm raus wie ein Geständnis. Er erzählte vom Balkan, von dem Typen, der ihm die falsche Waffe verkauft hatte, von der Verhaftung, wie sie ihn im Knast vergewaltigt und die Wächter ihn hatten hängen lassen, wie er zu der Bar gefahren war, wie sie nachts an der Grenze unterwegs waren, dass er gewusst habe, dass das alles falsch und trotzdem richtig war, wie Pesnica ihm den Besenstiel in die Hand gedrückt, wie er losgeprügelt hatte, dass er bis jetzt mit keinem darüber habe sprechen können, Sara ihn aber doch bestimmt verstehe. Er fuhr fort, dass er dann die Waffe endlich in seiner Hand gehalten, es sich also gelohnt habe, dass es Zeit sei zurückzuschlagen gegen das Scheißsystem, ein paar Cops abzuknallen, dass Sara das sicherlich auch so sehe, und als die Polizei sich in Bewegung setzte, sagte er, er habe sie dabei, die Waffe.

46

Dann lasst uns alle doch zusammen abhauen«, sagte jemand aus der Gruppe der Unentschiedenen. »Vielleicht kriegen wir dann niedrigere Strafen vor Gericht.«

Genau das, was Timor versprochen hatte.

»Feiglinge«, zischte Wassim.

»Was willst du, Wassim?«, sagte Mike.

»Ich würde gerne wissen, ob du ein Rückgrat hast«, antwortete er.

Ich machte einen Schritt zwischen die beiden Gruppen. »Pscht, Ruhe«, sagte ich, guckte mich um. »Ich kann euch nicht zwingen zu bleiben, aber mein Gefühl ist, dass wir endlich mal etwas tun und nicht nur labern sollten. Wenn sie uns aus dem Gebäude haben wollen, müssen sie uns schon holen. Außerdem sind Sara und die anderen da draußen auf der Baustelle. Wollt ihr die hängen lassen? Wenn wir abhauen, gehen wir unter dem Gelächter von Müller und den anderen raus.« Ich machte eine Pause. »Aber ja, es stimmt: Philip Timor hat mir eben am Telefon gesagt, wenn wir freiwillig rauskommen, bekommen wir niedrigere Strafen.«

Alle guckten mich an. Wassim entgeistert. Bei den anderen: verschränkte Arme, unsichere Blicke, triumphierendes Lächeln, Hände an Rucksackriemen, ein vibrierendes Handy, ein Schluchzen, irgendwann Mike: »Kommt, Leute, wir hauen ab«, und die meisten standen auf und begannen, links und rechts an mir vorbei zur Tür des Konferenzraums zu gehen.

Dann hörten wir den Knall.

47

Sara wurde zu Boden geschleudert, stürzte aufs Gesicht, schmeckte Erde im Mund, spürte einen stechenden Schmerz am Hinterkopf. Kleine, harte Gegenstände prasselten auf sie nieder, sie bekam ihre Hände über den Kopf, rollte sich zusammen, hörte Schreie und Stöhnen, wartete, bis nichts mehr vom Himmel regnete, öffnete die Augen.

Zuerst sah sie Robert auf der Erde liegen, neben ihm der offene Rucksack und die Pistole, etwas weiter weg Dutzende Polizisten auf dem Rücken, der Boden übersät mit Schuttteilen, in den Dächern einiger Gartenhäuser klaffende Löcher, gleich neben ihrem Gesicht steckte eine zerbrochene Dachschindel spitz in der Erde.

Der Sturm peitschte ihr Staub in die Augen. Sie spürte, wie ihr warmes Blut über den Hinterkopf rann. Einen Moment lang wollte sie liegen bleiben, dann stützte Sara die Hände neben ihrem Oberkörper auf, drückte sich hoch. Sitzend blickte sie sich um. Fast alle waren gestürzt, viele bluteten aus kleinen Wunden am Kopf und im Gesicht. Die wenigen, die aufrecht standen, klammerten sich irgendwo fest.

Da, wo das Kraftwerk Reuter West lag, sah Sara eine breite Rauchwolke in den Himmel steigen, durchzuckt von orangeroten Flammen. Dann tauchten schwarze Punkte vor ihren Augen auf, klumpten sich zu immer größeren Flecken zusammen. Irgendwann sah sie nichts mehr, kippte um.

48

Ich sah die Explosion in den Himmel schießen, rannte zur Fensterfront, Wassim, Mike und die anderen hinter mir.

Die Druckwelle raste auf uns zu, zerschlug Fenster, knickte Bäume um, riss Dächer von Häusern. In den Straßen Menschen, die panisch davonliefen. Ölig schwarz quoll die Rauchwolke herauf, verdeckte den Horizont, das Heulen von Alarmsirenen schallte zu uns hoch.

Ich öffnete meine Bauchtasche, zog mein Handy raus, ließ es fallen, hob es auf, tippte auf Saras Namen.

Aus.

Oder kein Empfang.

Oder zerstört.

Ich probierte es noch einmal.

Nichts.

Und noch mal.

Nichts.

Ich starrte aus dem Fenster, bewegungslos.

Dann mein Display, das aufleuchtete, eine Push-Nachricht:

EIL: Öldepot explodiert im Berliner Westen

Saras Handy nicht erreichbar.

Ich schlug die Fäuste gegen das Fenster, presste sie dagegen, schrie, schlug die Stirn gegen die Scheibe, spürte den Schmerz, schlug noch mal, drückte mit aller Kraft gegen die Scheibe. Dann richtete ich mich auf, schaute raus, sah die emporschießenden Flammen, den Rauch, das flackernde Blaulicht der Ambulanzen, schrie noch mal.

Es reichte.

Das konnte so nicht weitergehen. Es musste etwas passieren. Jetzt. »Kommt mit«, sagte ich.

Ich drehte mich um, lief durch den Konferenzraum und durch die Tür, die anderen folgten mir, Wassim zog sein Handy raus, begann live zu streamen. Wir liefen durch den Flur, vorbei an den Aufzügen, dem Treppenhaus, der Teeküche, durch das Assistenzzimmer in Müllers Büro.

Sie stand am Fenster, groß und aufrecht, guckte auf die Explosionen, drehte sich um. Ihre beiden Securitys gingen auf uns los, sahen, dass wir zu viele waren, blieben stehen, bauten sich vor Müller auf.

Ich rannte auf ihren Schreibtisch zu, sprang mit einem Satz darauf.

»Was soll das?«, sagte Müller und guckte zu mir hoch.

Ich kickte gegen den Bildschirm ihres Laptops, der laut krachend zuklappte.

»Lassen Sie diesen Scheiß«, sagte Müller.

Ich trat mit der Ferse auf ihren Laptop; ein Security griff nach meinem Bein, ich wich zur Seite aus, bückte mich und packte den Laptop, schleuderte ihn in den Bildschirm mit dem NFT. Ich wollte, dass Müller mir diesmal zuhörte, richtig zuhörte.

»Das da vor dem Fenster«, sagte ich, »das sind Sie. Diese Klimakrise. Diese Stürme. Diese Toten – das sind Sie. Sie wissen das, denken vielleicht, dass es egal ist, weil alle anderen es ja auch so machen und niemand sich Ihnen in den Weg stellt. Aber das endet jetzt. Sie und ich gleichen uns, meinen Sie? Das ist Bullshit. Ja, ich will auch gewinnen, aber nicht um zu herrschen. Gewalt ist Ihr Metier, und wir werden Ihnen nicht den dummen Gefallen tun, Bomben in Ihre Glaspaläste zu werfen, das stärkt Sie nur, rechtfertigt die endlose Aufrüstung von Polizei und Sicherheitsdiensten, führt in einen Kampf, den wir nicht gewinnen können. Aber plattmachen werden wir Sie trotzdem: Geld baut Pipelines, kauft NFTs, finanziert technischen Fortschritt, doch wirklicher Fortschritt kam immer aus der Sehnsucht nach Gerechtigkeit, und solange Menschen wie Sie in unserem System oben sind, wird es die nicht geben. Deshalb machen wir nicht mehr mit. Wir werden Sie canceln. Mute-Button. Wir sind raus. Wir streiken, und Ihr Kartenhaus stürzt ein, wir reißen es nieder, pflanzen ein paar Bäume in die Ruinen. Wir fangen an, die Welt zu bauen, die wir wollen. Wir sorgen dafür, dass der Neffe meiner Freundin Lisa nicht weiter in einer Atmosphäre aufwächst, die sich immer mehr mit tödlichen Klimagasen füllt, sondern mit dem pilzigen Duft eines Waldbodens. Nicht in einer Atmosphäre der Konkurrenz, sondern der gegenseitigen Unterstützung. Nicht in einer Atmosphäre des Mangels, sondern des Überflusses, denn wir haben längst alles, was wir brauchen. Wir haben die regenerativen Technologien, und wir wissen, wie wir uns organisieren können, um echte Beziehungen zwischen uns Menschen und der Erde zu leben, Beziehungen, die uns halten und nähren, Beziehungen wie Bänder zwischen den Herzen, denn Geben ist Nehmen. Was wir brauchen, ist nicht Ihr Geld, sondern unsere Zeit. Was wir brauchen, ist nicht Ihr Weiterso, sondern ein Neuanfang. Was wir brauchen, ist nicht ständige Angst, die uns eng, klein und hilflos macht, sondern Mut, Weite und Liebe.«

Einen Moment lang wollte ich Müller ins Gesicht spucken, aber ich drehte mich um, sprang vom Tisch, nahm Wassims Hand. Wassim steckte sein Handy weg, ergriff die Hand der nächsten Person. Mike packte meine Linke. Nach und nach taten die anderen es uns gleich, und so gingen wir als ein großer Organismus aus dem Büro und durch den Flur zu den Aufzügen, fuhren runter und liefen durch die Lobby nach draußen.

Die Einsatzkräfte standen in einem weiten Halbkreis um den Vorplatz des Towers, dahinter unzählige Fernsehkameras, Räumpanzer, Hundestaffeln, Schaulustige. Wir sammelten uns vor der Tür zu mehreren breiten Reihen und fingen an, Hand in Hand auf die Polizeikette zuzulaufen.

Ein Lautsprecher knarzte. Wir sollten sofort stehen bleiben.

Keiner von uns gehorchte.

»Stehen bleiben!«

Wir gingen weiter.

Schritt für Schritt für Schritt für Schritt.

Eine letzte Warnung.

Die Polizistinnen zogen ihre Schlagstöcke und stürmten los. Kurz bevor sie an uns dran waren, hoben wir die Arme in die Luft, und in dem Moment, in dem ihre Knüppel unsere Schultern, unsere Nacken und Gesichter trafen, in dem Moment, in dem wir vor Schmerz und Wut schrien, unser Blut aus Platzwunden auf den dreckigen Asphalt spritzte, genau in diesem Moment explodierten die übrigen Öltanks neben dem Kraftwerk Reuter West, und die Druckwelle zerschlug die Scheiben des DE-Towers und pustete die Fernsehdrohne aus dem Himmel, die die Szene gefilmt hatte.

49

Wenn ich heute die Narbe berühre, die der Knüppel auf meiner Stirn hinterlassen hat, zieht ein Lächeln über mein Gesicht.

Ein Feuilletonist verglich die Aufnahme der Fernsehdrohne später mit Goyas *Die Erschießung der Aufständischen*, was ich übertrieben fand, doch sie war brutal und durchschlagend: im Vordergrund der DE-Tower und die Polizei, wie sie Klimaaktivisten blutig prügelt. Im Hintergrund das Rotorange der letzten Detonationen, die insgesamt vierhundertvierunddreißig Menschen töteten, Tausende verletzten und Zehntausende obdachlos machten.

Vorne die Ursachen und hinten die Folgen der Klimakrise in einem Bild.

Rücktritte aller möglicher Politikerinnen und Verantwortlicher wurden gefordert. Diese versuchten, sich hinter einem Untersuchungsausschuss zu verstecken, dabei war die Sachlage klar: Der Sturm hatte einen schlecht gesicherten Kran umgeworfen, der auf eine Lagerhalle voller Styroporgranulat gestürzt war und einen Kurzschluss ausgelöst hatte. Das Styropor hatte sich entzündet, die Sturmböen die Flammen angefacht und sie in die Richtung des Öldepots auf dem benachbarten Grundstück gedrückt. Einige Rohre hatten sich so stark erhitzt, dass sie explodiert waren, was eine Kettenreaktion ausgelöst hatte, die letztlich die Öltanks detonieren ließ.

Klimawissenschaftler bestätigten bald darauf, was wir alle schon im ersten Moment gewusst hatten: Ohne die globale Erwärmung wäre der Sturm nicht in dieser Heftigkeit aufgetreten. Insofern war niemand direkt schuld und doch alle, die das System mitgetragen hatten.

Dass es so weit hatte kommen müssen, war tragisch, und die Veränderungen zum Guten begannen nicht sofort. Aber bald.

Die Polizei brachte Sara und mich in die Notaufnahme der Charité, wo wir uns trotz der vielen Verletzten wiederfanden, und hinter dem Chaos der Ereignisse verschwand für einen Moment das Chaos unserer Beziehung. Nebeneinander saßen wir auf der OP-Liege, während eine Ärztin erst Saras Platzwunde am Hinterkopf nähte, dann meine an der Stirn.

Sara schaute sich das Video meiner Aktion gegen Müller an, und als wir später wieder mit Handschellen im Polizeiauto saßen, hielt sie meine Hand, und ich lehnte mich an sie, auch weil mein Kopf schmerzte. Verdacht auf Gehirnerschütterung.

Wir wurden für eine Woche in Untersuchungshaft gesperrt, dann ließen sie uns raus, nur das Land sollten wir nicht verlassen. Wir schissen drauf, fuhren mit dem Zug nach Italien, legten uns für ein paar Wochen mit nackten Bäuchen am Strand in die Sonne. Wir stiegen aus, nahmen uns die Zeit, über all das zu sprechen, was nie Raum gehabt hatte.

Einmal, als wir spätabends fast die Letzten am Wasser waren, versprach ich Sara, dass ich versuchen würde, wirklich auszudrücken, was ich denke und fühle, im Vertrauen darauf, dass sie nicht weggehen würde. Und als wir uns bald darauf einmal stritten und ich meinen Standpunkt verteidigte, schnauzte Sara mich zwar an, aber dann heulten wir beide, und als wir uns beruhigt hatten, gab sie zu, dass ich recht hatte – eine Möglichkeit, von der ich nicht gewusst hatte, dass sie bestand. Ich fühlte mich ein bisschen dumm und schämte mich, dass ich das nicht früher schon mal versucht hatte, aber was überwog, war die Freude, es jetzt endlich zu können, auch wenn ich meine Wut wahrscheinlich nie ausdrücken werde, wie Sara es tut.

Aussteigen – wir waren nicht die Einzigen, die das taten. Erst waren es einige wenige in ihren Zwanzigern, die Studium, Ausbildung oder Jobs schmissen. Manche taten es stillschweigend, andere erklärten sich im Internet. Dann folgten die ersten Schülerinnen, die es ihnen nachmachten, nicht mehr zum Unterricht gingen. Schließlich folgten die Mitdreißiger, und aus dem Murmeln eines Bachs wurde das Plätschern eines Flusses, und als wir begannen, heimlich zu filmen, wie wir zu unseren Chefinnen gingen und sagten, wir seien raus, gab es kein Halten mehr.

Schon lange hatte niemand mehr geglaubt, dass es uns mal besser gehen würde als unseren Eltern. Zu viele hatten Momente gehabt wie ich an der Tagebaukante, hatten begriffen, wie sinnlos, wie wahnsinnig es war, in diesem System mitzumachen. Die Explosionen und die Polizeiknüppel hatten dem nur Nachdruck verliehen, und aus Wassims viral gegangenem Livestream bei Müller war bei vielen das Wort »streiken« hängen geblieben. Und dafür brauchte es nicht mal die alten Gewerkschaften: Wer einen Job hatte, erhielt nach einer kurzen Sperre zwei Drittel seines Gehalts als Arbeitslosengeld fortgezahlt. Alle anderen bekamen immer noch die Grundsicherung, also Miete plus Krankenversicherung und ein gutes Taschengeld. Für die ehemaligen Studentinnen war das mehr als ihr BAföG, für die Schüler war es wie ein Geldregen. Schwierig war es für die, die weniger privilegiert waren, aber gerade auf die zielte der Wandel ja ab, und wir fanden bald Lösungen.

Was fast alle in dieser Erfahrung verband, war, dass es zum ersten Mal keine Lehrerinnen, keine Eltern, keine Chefs gab, die sagten, was zu tun war. Es war das erste Mal, dass viele wirklich vor der Frage standen: Was will ich?

Es war das erste Mal, dass wir frei waren.

Viele bewegten sich in diesem Raum zwischen zwei Polen. Da waren die einen, die in Schule, Studium, Job gelangweilt gewesen waren, das Team Bore-out. All jene, die nur ihre Zeit abgesessen hatten, die ganz gut wussten, was sie wollten, sich schon lange nach etwas anderem gesehnt hatten. Sie legten los, wirkten wie ein Schwarm Sittiche, der aus einer eisernen Voliere ausgebrochen war. Sie fingen an, das Leben zu leben, das ihnen richtig schien. Sie nahmen sich Zeit, schliefen erst mal aus, fanden sich in kleinen Gruppen zusammen und merkten, wie schön es sein konnte, wenn sie einfach machten, was sich gerade gut anfühlte. Sie merkten, was es für einen Unterschied machte, wenn man nicht irgendwo lag, um sich möglichst schnell zu erholen und wieder leisten zu können, sondern um das Spiel von Wind und Sonne auf der Haut zu spüren. Sie spürten den Unterschied zwischen einem auf einer App verabredeten Date und einem spontanen Kennenlernen in einer Gruppe von Menschen, die einfach zusammen abhingen. Sie begriffen, wie viel schöner es war, nicht eine kleine Crew von Freundinnen zu haben, sondern Teil einer Bewegung zu sein.

Die neue Freiheit in den sozialen Medien zu dokumentieren, verlor für viele bald den Reiz. Sie brauchten es nicht mehr. Klar, manchen gefiel es, wenn ihnen jemand zusah bei dem, was sie taten, aber die meisten wurden sich selbst genug. Sie lebten, was irgendwelche Influencer immer vorgegeben hatten zu leben, und es fühlte sich gut an, es gab keinen Grund mehr, auf Bestätigung von außen zu schielen, und dieses kollektive Rarmachen strahlte eine Anziehung aus, die kein Filter hätte verleihen können. Es brauchte keine Aufrufe mehr, aus dem Leistungs- und Karrieresystem auszubrechen. Die Leute strömten bald von selbst heraus, um dabei zu sein.

Dann war da die andere Gruppe, zu der auch Sara und ich gehörten. Team Burn-out. Alle, die jahrelang über ihre Grenzen gegangen waren, ihre Körper missachtet, ihre Bedürfnisse ignoriert hatten, immer am Start, immer busy, immer bang bang.

Viele von uns machten erst mal gar nichts, das heißt, wir kamen wieder bei uns selbst an. Manche fragten sich zum ersten Mal, was überhaupt ihre Bedürfnisse waren. Die Gesellschaft hatte uns so abgerichtet, auf Leistung gedrillt, dass wir wie abgeschnitten gewesen waren von unseren Gefühlen und Körpern.

Ein ehemaliger Journalist erzählte mir, dass seine Smartwatch ihm während jedes Arbeitstages gesagt hatte, wie lange er noch an seinem Schreibtisch stehen müsse, damit es seinem Rücken gut gehe, und dass er jetzt begriff, dass das nicht cool, sondern ein beschämendes Zeugnis davon war, wie wenig er sich und seinen Körper eigentlich kannte.

Ich fing eine Therapie an, vertraute meiner Wut mehr, begann Sara und anderen Grenzen zu setzen, forderte ein, was ich brauchte, lernte in einem Krav-Maga-Studio, mich zu prügeln, und je weniger ich in mich hineinfraß, desto mehr verschwanden meine Gelenkschmerzen.

Wir merkten, dass die chronischen Nackenverspannungen besser wurden, wenn wir regelmäßig ausschliefen, dass sich die Periode besser aushalten ließ, wenn da kein Chef war, der auf unsere Schmerzen keine Rücksicht nahm, dass mit dem Stress oft auch die Neurodermitis verschwand. Aber all das war auch ein langer, steiniger Weg.

Wir, das Team Burn-out, all jene, die äußere Ansprüche für wichtiger gehalten hatten als eigene Wünsche, wir brachen nicht brüllend aus dem alten Käfig aus. Für viele war es eher ein langsames Erwachen. Ein allmähliches Verstehen, wie sehr wir über die Jahre missbraucht worden waren, wie sehr uns eingeredet worden war, dass wir selbst diejenigen seien, die vierzig oder fünfzig oder gar sechzig Stunden die Woche arbeiten wollten. Aber es waren die Leute aus dieser Gruppe, die – als es ihnen etwas besser ging – zurückkamen und anfingen, sich mit dem System anzulegen.

Wir merkten, wie erstaunlich wenig Leute man brauchte, um in ganz Berlin-Mitte die Türschlösser aller Bürotürme über Nacht mit Sekundenkleber zu füllen. Es war erstaunlich, wie einfach es war, sich eine Warnweste anzuziehen und am helllichten Tag einen breiten Fahrradweg auf eine viel befahrene Straße zu pinseln. Es war erstaunlich, wie hilflos Kontrolleurinnen waren, wenn man sich einfach solidarisierte, wenn sie kamen. Erst waren es kleine Gruppen, die sich weigerten, im Bus und in der Bahn ihre Tickets vorzuzeigen, dann immer größere und schließlich so viele, dass auch die Polizei nichts machen konnte. Die Politik führte ein kostenloses Nahverkehrsticket ein.

Die Wirtschaft begann unterdessen abzukacken.

Wir hörten ja nicht nur auf zu arbeiten. Wir hörten auch auf, Klamotten, Technikquatsch, Klimbim zu kaufen. Nicht nur machten wir ein Drittel der allgemeinen Kaufkraft aus, in einer jugendbesessenen Gesellschaft wie der unseren war Shopping tot, als wir damit aufhörten. Es war einfach nicht mehr cool.

Der ganze Kram sammelte sich in den Geschäften, in Lagerhäusern und Containerterminals an, Profite brachen ein, und die Wirtschaft konnte nichts dagegen tun. Klar kaufte sich mal jemand die Kopfhörer, die er immer hatte haben wollen und die jetzt nur noch ein Drittel kosteten. Und klar wurden noch Dienstleistungen in Anspruch genommen, wurde Essen gekauft. Und klar gab es die Streikbrecher, die weiter zur Arbeit gingen und sich gut bezahlen ließen. Aber das reichte nicht, um das alte Spiel vom ewigen Wachstum weiterzuspielen.

Wir straften damit die Verzichtsdebatten von früher Lüge. Ein zwölftes Paar Sneaker war keine Freiheit. Freiheit war, über die eigene Zeit zu verfügen, sie sich zu nehmen, um das zu tun, was man wollte. Die Zerstörungsmaschine geriet ins Stocken, weil wir merkten, dass all jene Dinge, die wirklich schön sind, fast kein CO_2 produzieren.

Wenn man abends nicht frustriert von der Arbeit kommt, weil man sich verausgabt hat, ohne zu wissen, welchen Sinn das hat, muss man sich kein schickes Essen gönnen, sich nicht glücklich konsumieren. Und dabei war es nicht so, dass unsere Tage nicht voll waren, wir uns abends nicht hundemüde fühlten. Aber wir waren nicht mehr so erschöpft wie früher, sondern irgendwie erfüllt.

Die Politik reagierte, wie es zu erwarten war: Sie wollte strafen, wollte das Arbeitslosengeld senken, um uns zurück an die Arbeit zu zwingen, doch das Verfassungsgericht pfiff sie zurück: Die Sätze entsprachen teils schon dem Existenzminimum, drunter ging nicht. Doch irgendwas musste sie tun – immer mehr Unternehmen und Geschäfte meldeten Kurzarbeit an, brauchten staatliche Unterstützung. Die Sozialsysteme waren vorher schon unterfinanziert gewesen. Also brauchte es mehr Geld. Also brauchte es mehr Steuern. Wo war noch etwas zu holen?

Es war erstaunlich, wie viel Zugriff das Finanzministerium dann doch hatte auf die Vermögen der Superreichen, wo es doch früher immer geheißen hatte, die seien irgendwo auf den Cayman Islands sicher versteckt. O Wunder, ein Land wie Deutschland konnte sehr viel Druck ausüben auf einen kleinen Inselstaat. Und o Wunder: Die vielen Milliarden, die Ölkonzerne über die vergangenen Jahrzehnte mit der Zerstörung unseres Planeten verdient hatten, lagen auch noch irgendwo.

Die alten Wirtschaftsweisen nannten es Rezession und Abwärtsspirale, doch für viele andere fühlte es sich an wie ein Gesunden, und wer doch mehr Geld brauchte, als der Staat gab, weil er eine Familie ernährte oder Verwandte im Ausland unterstützte, konnte bald auf solidarische Geldtöpfe zugreifen oder verdiente zur Not auch einfach mehr: Das Angebot an Arbeitskraft sank, die Löhne stiegen.

Sah jemand, dass ein Mitarbeiter der Stadt eine Wildwiese im Park mähen wollte, stellte er sich davor und ging nicht weg. Schmiss ein Supermarkt mal wieder Essen weg, holten wir es aus den Containern. Zum Start der Urlaubssaison blockierten wir Flughäfen und Kreuzfahrtschiffe, und auch viele Ältere begannen mitzumachen, sie hatten einen neuen Generationenvertrag mit ihren Kindern geschlossen: Ihr sichert uns ab, wir helfen euch, den Planeten zu schützen. Unzählige von uns gingen aufs Land, sprachen mit Bäuerinnen, vernetzten sie mit Gruppen engagierter Bürger, veranstalteten Schnippeldiskos, öffentliche Brotzeiten, Ausflüge zu Erzeugerinnen. Kooperativ geführte Läden entstanden, dazu mehr solidarische Landwirtschaften. Subventionen begannen, anders zu fließen.

Einige Gemeinden rund um Garzweiler schlossen sich zur Initiative *Gutes Leben für alle Dörfer* zusammen, starteten Mitmachforen, um über die gemeinsame Zukunft nach der Kohle zu entscheiden.

Begegneten wir beim Waldspaziergang einem Harvester beim Bäumefällen, kamen wir nachts wieder und zogen den Luftfilter ab, und schwups saugte der Motor am nächsten Morgen ein bisschen Waldboden ein und war kaputt. Wir besetzten Felder und bauten Essen in Permakulturgärten an. Wir organisierten illegale Raves in pleitegegangenen Einkaufszentren. Wir hatten Sex an Seeufern. Wir steckten Kartoffeln in den Auspuff von SUVs. Wir installierten kleine Solaranlagen auf unseren Balkonen und illegale auf den Dächern unserer Mietshäuser. Einmal sah ich Wassim im Treptower Park mit Kopfhörern so laut und frei und schief singen, als würde er nicht merken, dass überall um ihn herum Leute saßen.

Wir organisierten uns in Kleingruppen, die Delegierte in regionale Gruppen entsandten, die wiederum Delegierte in Bundesgruppen entsandten, zogen eine riesige solidarische Struktur auf, auch online. Ein soziales Netzwerk nicht für den Profit, sondern von uns und füreinander. Die alten Konzerne aus dem Silicon Valley mit ihrem Overkill an Werbung, Manipulation und Datenspeicherung verloren.

Wir zogen unsere Kinder gemeinsam auf. Wir sammelten, reparierten und verschenkten so viele alte Fahrräder, dass auf den Straßen der Innenstädte immer weniger Platz für Autos blieb.

Einmal fuhr ein SUV-Fahrer aus Hass drei von uns tot.

Wir lernten, unsere Gefühle zu fühlen und über sie zu sprechen. Wir lernten Konflikte unter uns nicht nur zu lösen, sondern sie als Katalysator zu schätzen.

Wir nahmen andere nicht mehr als Konkurrenten auf

der Karriereleiter wahr oder als Menschen, auf die wir Arbeit abwälzen konnten, denn wir konzentrierten uns nicht mehr auf das, was uns trennte, begannen stattdessen zu sehen, was uns verband. Vermögen bedeutete nicht mehr Geld, sondern das Vermögen, etwas zu tun.

Lehrerinnen verkürzten die Stundenpläne, unterrichteten nur noch zwei Stunden am Tag und begleiteten den Rest der Zeit Schüler bei ihren Projekten. Manche Bundesländer eröffneten Häuser des Lernens, die das Konzept Schule neu dachten.

Wir fragten die Ärmsten und Schwächsten, was sie brauchten, um frei zu leben und zu lieben, denn wenn sie es konnten, würden wir es alle können.

Was wir an Materiellem vermissten, wurde tausendmal wettgemacht dadurch, dass wir nicht mehr ständig ein schlechtes Gewissen hatten, an der Zerstörung der Erde beteiligt zu sein.

Wir gingen hin mit Spaten und Schaufeln, setzten Auen unter Wasser und renaturierten Moore. Wir nahmen uns die Zeit, unsere alten und kranken Eltern selbst zu pflegen. Einige Städte führten autofreie Wochenenden ein, und Touristen, Anwohnerinnen, Gewerbetreibende feierten es.

Im Balkan organisierten wir geheime Routen und sichere Unterkünfte für Menschen auf der Flucht. Immer mehr Reiche schlossen sich uns an, sie begriffen, dass es auf einem toten Planeten keine Austern geben würde.

An manchen Tagen schienen alle Farben heller als früher.

Geben war Nehmen.

Nicht hin und wieder.

Sondern jeden Tag.

Was wir machten, war keine Revolution, es war, als verliebten wir uns neu ins Leben, und vieles von dem, was wir taten, fühlte sich an wie ein erster Kuss. Und je mehr wir spürten, wie schön das Leben sein konnte, desto absurder wurde das alte System, desto schmerzhafter die ganze Zerstörung und desto größer der Widerstand dagegen.

Wolfgang, der Lastwagenfahrer, mit dem ich mich später anfreundete, wurde Sprecher der Gruppe MaschinenstürmerX – Leute, die Sabotageakte verübten, bevor sie kündigten: Eine Medizinerin, die in einer Biotechfirma arbeitete, ließ die Versuchsratten aus den Labors frei, sodass in dem Gebäude wochenlang nicht gearbeitet werden konnte, bis die Kammerjäger alles ausgeräuchert hatten. Ein Schlachthofmitarbeiter nahm eine Knochensäge und zerschnitt damit alle Förderbänder. Eine Tagebau-Ingenieurin rammte über Nacht einen Schaufelradbagger in den anderen. Schnauzbart wurde unser Spitzel bei der Polizei und warnte uns, wenn Verhaftungen oder Hausdurchsuchungen anstanden.

Philip Timor trat wegen der Polizeigewalt am Tag der Explosionen zurück, Nina Müller klebte noch eine Weile an ihrem Stuhl und wurde dann von einer Gruppe kritischer Aktionärinnen zum Rücktritt gezwungen. Roberts Pistole wurde auf der Baustelle von der Polizei gefunden; wir überzeugten ihn, sich zu stellen. Welche Solidarität sollte es geben mit einem potentiellen Mörder? Er bekam eine Freiheitsstrafe von einem Jahr, die nach sechs Monaten zur Bewährung ausgesetzt wurde.

Gegen Sara, Wassim und mich fuhren sie öffentliche Verleumdungskampagnen. Wir würden Deutschland schaden, hieß es immer wieder, und einmal wurden wir in Neukölln von Neonazis gejagt, konnten uns gerade noch in ein libanesisches Restaurant retten.

Natürlich zerrten sie uns vor Gericht, wo sie nur konnten, doch jeder Prozess war eine Bühne für uns, auf der wir das alte zerstörerische System für moralisch bankrott erklärten. Wer trotzdem in den Knast musste, den erwarteten beim Rauskommen alle seine Freunde und eine Party. Es waren viele Partys, und sie waren gut, denn anders als früher gab es tatsächlich etwas zu feiern.

Sie versuchten, uns zu spalten und erließen drakonische Gesetze, und all das kostete uns Energie und Zeit, aber es hielt uns nicht auf. Wir machten weiter, und all die alltäglichen Handlungen unseres neuen Lebens fanden auch ein theoretisches Zuhause. Es ging nicht mehr um den Profit einiger Shareholder, sondern um die Sorge füreinander. Macht als Akt der Gewalt, wie Müller sie verkörpert hatte, wurde nicht mehr als Kraft verherrlicht. Stattdessen lebten wir die Care-Economy, auch wenn der Begriff ein bisschen irreführend war, weil es nicht nur um die Wirtschaft ging, sondern um die ganze Gesellschaft, aber er war anschlussfähig genug, damit Politikerinnen ihn aufgreifen, damit Wahlkampf machen und einige überfällige Dinge umsetzen konnten – das Tempolimit 90 auf Autobahnen, Bürgerräte, das Verbot von Lebensmittelverschwendung. Und es war nicht so, dass alles zusammenbrach. Viele Menschen, die Bullshit-Jobs gehabt, also keinen Sinn gesehen hatten in dem, was sie taten, hörten auf, und so knickten die Profite ein, genau wie die CO_2-Emissionen. Aber all jene, die Berufe hatten, auf die es ankam – Ärzte, Landwirtinnen, Bäcker, Windkraftingenieurinnen, Rathausangestellte –, die verspürten nicht das Bedürfnis zu kündigen. Weniger arbeiten, um aus der Überlastung rauszukommen, ja, aber nicht aufhören. Den Wandel flankierend erließ die Regierung Gesetze, um Unternehmen zur Aufrechterhaltung der Grundversorgung zu verpflichten, und auf diese Weise gab es keinen Versorgungsengpass, keinen Kollaps, die Wirtschaft schrumpfte bloß, wurde zu einem Teil des Lebens, war nicht mehr das Leben selbst.

Natürlich gab es Verlierer.

Verständlicherweise waren die verbittert.

Natürlich hatten sie keinen Bock auf unsere Ideen.

Natürlich schlugen sie zurück.

Und noch immer haben die alten Mächtigen viele Ressourcen, und noch ist nicht klar, ob sie nicht doch noch mal die Überhand gewinnen, schließlich ist alles immer ein endloser Kreislauf, aber genau das ist es, was wir gewonnen haben: Wir laufen nicht mehr geradeaus, linear, unausweichlich auf die Klimakatastrophe zu. Der alte Satz, dass sich viele eher das Ende der Welt als das Ende des Kapitalismus vorstellen können, stimmt nicht mehr. Die Apathie ist gebrochen, es geht nach vorne, nach oben, zur Seite, der Glaube ans Gute, an ein besseres Morgen, ans Beste im Menschen blüht auf.

Sara und ich haben unsere Beziehung geöffnet, weil wir verschiedene Bedürfnisse mit verschiedenen Menschen ausleben wollen. Ich hoffe, dass es klappt. Aber vielleicht ist es auch nur der erste Schritt zu einer überfälligen Trennung, vor der wir bloß so große Angst haben.

Doch alles, was wir zusammen erlebt und erfahren haben, wird uns für immer bleiben, und ja: Ich freue mich wieder auf die Zukunft.

DANK

Ich wünsche, ich hätte die Notwendigkeit von Wut nicht lernen müssen. So hatte ich immer noch die Möglichkeit, darüber schreiben zu können, und ich bin allen dankbar, die mich dabei unterstützt haben.

Vorneweg Elisabeth Ruge und Mimi Wulz, die ich erst von meiner Idee überzeugen musste, die dann aber voll hinter mir standen. Arche-Verlagsleiterin Frauke Schneider und meiner Lektorin Jasmin Camenzind – beide hatten sofort ein Gefühl dafür, was ich mit dem Buch wollte, und Jasmin hat ihre Finger zielsicher und liebevoll auf alle Textstellen gelegt, bei denen ich faul oder ungenau gewesen war – danke.

Außerdem Nadine Bieker, die das Manuskript als eine der Ersten gelesen hat.

Dann Wibke Charlotte Gneuß, Matthias Schmelzer und Jan Schütze für euer Feedback, Anregungen, Hilfestellungen.

Judith, David, Barbara – ihr seid mein Rückhalt.

Und natürlich danke an den Beehive: Ihr seid die gelebte Utopie.

ZITATNACHWEISE

S. 39: Kae Tempest: »Hold Your Own«, written by Kae Tempest. Courtesy of Domino Publishing Company Limited

S. 71: Audre Lorde: »Vom Nutzen der Wut: Wie Frauen auf Rassismus reagieren«, in: *Sister Outsider*. Aus dem Englischen übersetzt von Eva Bonné und Marion Kraft. © 2021 Carl Hanser Verlag GmbH & Co. KG, München

S. 129: Haftbefehl: »Saudi Arabi Money Rich«. Text: Aykut Anhan, Musik: Farhad Samadzada. © Universal Music Publishing GmbH

DER AUTOR

Raphael Thelen, geboren 1985, lebt als Autor, Aktivist und Speaker in Berlin. Er berichtete als Reporter für den *Spiegel* und die *Zeit* aus Konfliktgebieten weltweit, bevor er sich auf die Klimakrise konzentrierte. 2021 veröffentlichte er zusammen mit Theresa Leisgang das Buch *Zwei am Puls der Erde – Eine Reise zu den Schauplätzen der Klimakrise und warum es trotz allem Hoffnung gibt*. Im Januar 2023 kehrte Raphael Thelen dem Journalismus den Rücken, seither engagiert er sich bei der Letzten Generation.